RUDOLF STEINER

BRIEFE AN DIE MITGLIEDER

RUDOLF STEINER

Briefe an die Mitglieder

1924

1979

RUDOLF STEINER VERLAG
DORNACH/SCHWEIZ

Herausgegeben von der Rudolf Steiner-Nachlaßverwaltung
Die Aufsätze erschienen erstmals in «Was in der Anthroposophischen Gesellschaft vorgeht – Nachrichten für deren Mitglieder», Beilage der Wochenschrift «Das Goetheanum», 1. Jahrgang 1924

EINZELAUSGABE

1. buchförmige Auflage Dornach 1930
unter dem Titel «Das lebendige Wesen der Anthroposophie und seine Pflege», Achtzehn Briefe an die Mitglieder

2. Auflage Stuttgart 1949

3. Auflage Dornach 1963
unter dem Titel «Briefe an die Mitglieder 1924»

4. Auflage Dornach 1979

ferner in «Anthroposophische Leitsätze»
4. Auflage (10.-14. Tsd.) Dornach 1954

Sonderdruck aus Bibliographie-Nr. 260a
«Die Konstitution der Allgemeinen Anthroposophischen Gesellschaft und der Freien Hochschule für Geisteswissenschaft
Der Wiederaufbau des Goetheanum 1924/1925»
Rudolf Steiner Gesamtausgabe 1966

Printed in Switzerland by Zbinden Druck und Verlag AG, Basel
ISBN 3-7274-5155-6

INHALT

Die Daten beziehen sich auf den Erstdruck in «Was in der Anthroposophischen Gesellschaft vorgeht», Beilage der Wochenschrift «Das Goetheanum» Die mit * bezeichneten Titel wurden in der Ausgabe 1930 von Marie Steiner eingefügt.

13. Januar 1924

Die Bildung der Allgemeinen Anthroposophischen Gesellschaft durch die Weihnachtstagung 1923

Der Anthroposophischen Gesellschaft eine Form zu geben, wie sie die anthroposophische Bewegung zu ihrer Pflege braucht, das war mit der eben beendeten Weihnachtstagung am Goetheanum beabsichtigt. Eine solche Gesellschaft kann nicht abstrakte Richtlinien oder Statuten haben. Denn ihre Grundlage ist gegeben in den Einsichten in die geistige Welt, die als Anthroposophie vorliegen. In diesen findet schon bis heute eine große Zahl von Menschen eine sie befriedigende Anregung für ihre geistigen Ideale. Und in dem Gesellschaftszusammenhange mit andern in dieser Richtung gleichgesinnten Menschen liegt, was die Seelen brauchen. Denn im gegenseitigen Geben und Nehmen auf geistigem Gebiete entwickelt sich das wahre Wesen des Menschenlebens. Deshalb ist es naturgemäß, daß Menschen, die Anthroposophie in ihren Lebensinhalt aufnehmen wollen, sie durch eine Gesellschaft pflegen möchten.

Aber wenn auch Anthroposophie zunächst ihre Wurzeln in den schon gewonnenen Einsichten in die geistige Welt hat, so sind das doch nur ihre Wurzeln. Ihre Zweige, ihre Blätter, Blüten und Früchte wachsen hinein in alle Felder des menschlichen Lebens und Tuns. Sie ruft mit den Gedanken, die Wesen und Gesetze des geistigen Daseins offenbaren, in die Tiefen der schaffenden Menschenseele hinein: und deren künstlerische Kräfte werden durch den Ruf hervorgelockt. Die Kunst erhält allseitige Anregungen. – Sie läßt die Wärme, die von der Aufschau zum Geistigen ausströmt, in die Herzen fließen: und der religiöse Sinn erwacht in wahrer Hingabe an das Göttliche in der Welt. Die Religion erhält eine tiefe Verinnerlichung. – Sie öffnet ihre Quellen, und der liebegetragene Menschenwille kann aus ihnen schöpfen. Sie macht die Menschenliebe lebendig und wird damit schaffend in Impulsen des sittlichen Handelns und der echten sozialen Lebenspraxis. – Sie befruchtet den Blick in die Natur durch die treibenden Samen der Geistesschau und macht dadurch aus dem bloßen Naturwissen wahre Naturerkenntnis.

Durch all das erzeugt die Anthroposophie eine Fülle von Lebensaufgaben. In die weiteren Kreise des Menschenlebens können diese Aufgaben nur gelangen, wenn sie von der Pflege in einer Gesellschaft ihren Ausgangspunkt nehmen.

Die Leitung des Goetheanums in Dornach hat an diejenigen Persönlichkeiten, die der Meinung sind, daß die an diesem Goetheanum gepflegte Anthroposophie den charakterisierten Aufgaben zu entsprechen sucht, den Ruf gerichtet, in einer Weihnachtstagung die schon seit lange bestehenden Versuche zur Bildung von anthroposophischen Gesellschaften in einer befriedigenden Weise zum Abschluß zu bringen.

Der Ruf ist in einer gar nicht zu erwartenden Weise erhört worden. Sieben- bis achthundert Menschen erschienen zur «Grundsteinlegung» der «Allgemeinen Anthroposophischen Gesellschaft». Was sie getan haben, soll in dieser Beilage zum «Goetheanum» nach und nach geschildert werden.

Die Eröffnung und Leitung der Versammlungen oblag mir. – Und sie wurde meinem Herzen leicht – diese Eröffnung. Neben mir saß der Schweizer Dichter Albert Steffen. Die versammelten Anthroposophen sahen mit dankerfüllter Seele zu ihm hin. Auf Schweizer Boden hatten sie sich zur Bildung der Anthroposophischen Gesellschaft versammelt. Der Schweiz verdanken sie in Albert Steffen seit langer Zeit ein führendes Mitglied, zu dem sie mit wahrer Begeisterung aufschauen. Ich hatte in ihm die Schweiz in einem ihrer edelsten Söhne vor mir; ihm und unseren schweizerischen Freunden herzlichsten Gruß zu sagen, war mein erstes Wort – und das zweite die Aufforderung an ihn, der Versammlung den Anfang zu geben.

Es war ein tiefergreifender Anfang. Albert Steffen, der wunderbare Maler in Worten, der dichterische Bildgestalter sprach. Man hörte ihn und sah seelengewaltige Bilder wie Visionen vor sich.

Die Grundsteinlegung des Goetheanums von 1913 stand da vor dem Seelenauge. Ich kann nicht Worte finden, zu sagen, wie es mir um die Seele war, als ich diesen Vorgang, bei dem ich vor zehn Jahren wirken durfte, in dem Steffenschen Gemälde wieder vor mir sah.

Die Arbeit am Goetheanum, in der sich hunderte von hingebungsvollen Händen regten und bei der hunderte von begeisterten Herzen schlugen, zauberten künstlerisch vollendet geprägte Worte vor den Geist.

Und – der Brand des Goetheanums: die ganze Tragik, der Schmerz Tausender, sie erzitterten, als Albert Steffen zu uns sprach.

Und dann – im Vordergrunde eines weiteren Bildes: das Wesen der Anthroposophie selbst in der Verklärung durch die Dichterseele Albert Steffens – im Hintergrunde deren Feinde, nicht getadelt, aber mit gestaltender Kraft einfach hingestellt.

«Zehn Jahre Goetheanum»; Albert Steffens Worte darüber drangen tief – man empfand es – in die Herzen der Versammelten.

Nach diesem so würdigen Auftakt kam es mir zu, von der Form zu sprechen, die nunmehr die Anthroposophische Gesellschaft wird annehmen müssen.

Was an die Stelle eines gewöhnlichen Statuts zu treten habe, war zu sagen. Eine *Beschreibung* dessen, was Menschen in einem rein menschlichen Lebenszusammenhang – als Anthroposophische Gesellschaft – vollbringen möchten, solle an die Stelle eines solchen «Statuts» treten. Am Goetheanum, das seit dem Brande nur aus Holz notdürftig hergerichtete Räume hat, wird Anthroposophie gepflegt. Was die Leiter des Goetheanums unter dieser Pflege verstehen und welche Wirkung für die menschliche Zivilisation sie sich davon versprechen, solle gesagt werden. Dann wie sie sich diese Pflege in einer Freien Hochschule für Geisteswissenschaft denken. Nicht Grundsätze, zu denen man sich bekennen solle, dürfen aufgestellt werden; sondern eine Realität in ihrer Eigenart solle *geschildert* werden. Dann solle gesagt werden, wer seine Mitwirkung zu dem, was am Goetheanum geschieht, geben wolle, könne Mitglied werden.

Als «Statut», das aber kein «Statut», sondern die Darstellung dessen sein soll, was sich aus einem solchen rein menschlich-lebensvollen Gesellschaftsverhältnis ergeben kann, wird nur dieses vorgeschlagen:

1. Die Anthroposophische Gesellschaft soll eine Vereinigung von Menschen sein, die das seelische Leben im einzelnen Menschen und in der menschlichen Gesellschaft auf der Grundlage einer wahren Erkenntnis der geistigen Welt pflegen wollen.

2. Den Grundstock dieser Gesellschaft bilden die in der Weihnachtszeit 1923 am Goetheanum in Dornach versammelten Persönlichkeiten, sowohl die Einzelnen wie auch die Gruppen, die sich vertreten ließen. Sie sind von der Anschauung durchdrungen, daß es gegenwärtig eine wirkliche, seit vielen Jahren erarbeitete und in wichtigen Teilen auch schon veröffentlichte Wissenschaft von der geistigen Welt schon gibt und daß der heutigen Zivilisation die Pflege einer solchen Wissenschaft fehlt. Die Anthroposophische Gesellschaft soll diese Pflege zu ihrer Aufgabe haben. Sie wird diese Aufgabe so zu lösen versuchen, daß sie die im Goetheanum zu Dornach gepflegte anthroposophische Geisteswissenschaft mit ihren Ergebnissen für die Brüderlichkeit im menschlichen Zusammenleben, für das moralische und religiöse sowie für das künstlerische und allgemein geistige Leben im Menschenwesen zum Mittelpunkte ihrer Bestrebungen macht*.

3. Die als Grundstock der Gesellschaft in Dornach versammelten Persönlichkeiten erkennen zustimmend die Anschauung der durch den bei der Gründungs-Versammlung gebildeten

* Die Anthroposophische Gesellschaft knüpft an die im Jahre 1912 gegründete Anthroposophische Gesellschaft an, möchte aber für die damals festgestellten Ziele einen selbständigen, dem wahren Geiste der Gegenwart entsprechenden Ausgangspunkt schaffen.

Vorstand vertretenen Goetheanum-Leitung in bezug auf das Folgende an: «Die im Goetheanum gepflegte Anthroposophie führt zu Ergebnissen, die jedem Menschen ohne Unterschied der Nation, des Standes, der Religion als Anregung für das geistige Leben dienen können. Sie können zu einem wirklich auf brüderliche Liebe aufgebauten sozialen Leben führen. Ihre Aneignung als Lebensgrundlage ist nicht an einen wissenschaftlichen Bildungsgrad gebunden, sondern nur an das unbefangene Menschenwesen. Ihre Forschung und die sachgemäße Beurteilung ihrer Forschungsergebnisse unterliegt aber der geisteswissenschaftlichen Schulung, die stufenweise zu erlangen ist. Diese Ergebnisse sind auf ihre Art so exakt wie die Ergebnisse der wahren Naturwissenschaft. Wenn sie in derselben Art wie diese zur allgemeinen Anerkennung gelangen, werden sie auf allen Lebensgebieten einen gleichen Fortschritt wie diese bringen, nicht nur auf geistigem, sondern auch auf praktischem Gebiete.»

4. Die Anthroposophische Gesellschaft ist keine Geheimgesellschaft, sondern eine durchaus öffentliche. Ihr Mitglied kann jedermann ohne Unterschied der Nation, des Standes, der Religion, der wissenschaftlichen oder künstlerischen Überzeugung werden, der in dem Bestand einer solchen Institution, wie sie das Goetheanum in Dornach als Freie Hochschule für Geisteswissenschaft ist, etwas Berechtigtes sieht. Die Gesellschaft lehnt jedes sektiererische Bestreben ab. Die Politik betrachtet sie nicht als in ihren Aufgaben liegend.

5. Die Anthroposophische Gesellschaft sieht ein Zentrum ihres Wirkens in der Freien Hochschule für Geisteswissenschaft in Dornach. Diese wird in drei Klassen bestehen. In dieselbe werden auf ihre Bewerbung hin aufgenommen die Mitglieder der Gesellschaft, nachdem sie eine durch die Leitung des Goetheanums zu bestimmende Zeit die Mitgliedschaft innehatten. Sie gelangen dadurch in die erste Klasse der Freien Hochschule für Geisteswissenschaft. Die Aufnahme in die zweite, beziehungsweise in die dritte Klasse erfolgt, wenn die um dieselbe Ansuchenden von der Leitung des Goetheanums als geeignet befunden werden.

6. Jedes Mitglied der Anthroposophischen Gesellschaft hat das Recht, an allen von ihr veranstalteten Vorträgen, sonstigen Darbietungen und Versammlungen unter den von dem Vorstande bekanntzugebenden Bedingungen teilzunehmen.

7. Die Einrichtung der Freien Hochschule für Geisteswissenschaft obliegt zunächst Rudolf Steiner, der seine Mitarbeiter und seinen eventuellen Nachfolger zu ernennen hat.

8. Alle Publikationen der Gesellschaft werden öffentlich in der Art wie diejenigen anderer öffentlicher Gesellschaften sein*. Von dieser Öffentlichkeit werden auch die Publikationen der Freien Hochschule für Geisteswissenschaft keine Ausnahme machen; doch nimmt die Leitung der Schule für sich in Anspruch, daß sie von vorneherein jedem Urteile über *diese* Schriften die Berechtigung bestreitet, das nicht auf die Schulung gestützt ist, aus der sie hervorgegangen sind. Sie wird in diesem Sinne keinem Urteil Berechtigung zuerkennen, das nicht auf entsprechende Vorstudien gestützt ist, wie das ja auch sonst in der anerkannten wissenschaftlichen Welt üblich ist. Deshalb werden die Schriften der Freien Hochschule für Geisteswissenschaft den folgenden Vermerk tragen: «Als Manuskript für die Angehörigen der Freien Hochschule für Geisteswissenschaft, Goetheanum Klasse ... gedruckt. Es wird niemand für diese Schriften ein kompetentes Urteil zugestanden, der nicht die von dieser Schule geltend gemachte Vor-Erkenntnis durch sie oder auf eine von ihr selbst als gleichbedeutend erkannte Weise erworben hat. Andere Beurteilungen werden insofern abgelehnt, als die Verfasser der entsprechenden Schriften sich in keine Diskussion über dieselben einlassen.»

9. Das Ziel der Anthroposophischen Gesellschaft wird die Förderung der Forschung auf geistigem Gebiete, das der Freien Hochschule für Geisteswissenschaft diese Forschung selbst sein. Eine Dogmatik auf irgendeinem Gebiete soll von der Anthroposophischen Gesellschaft ausgeschlossen sein.

* Öffentlich sind auch die Bedingungen, unter denen man zur Schulung kommt, geschildert worden und werden auch weiter veröffentlicht werden.

10. Die Anthroposophische Gesellschaft hält jedes Jahr im Goetheanum eine ordentliche Jahresversammlung ab, in der von dem Vorstande ein vollständiger Rechenschaftsbericht gegeben wird. Die Tagesordnung zu dieser Versammlung wird mit der Einladung an alle Mitglieder sechs Wochen vor der Tagung von dem Vorstande bekanntgegeben. Außerordentliche Versammlungen kann der Vorstand berufen und für sie die Tagesordnung festsetzen. Er soll drei Wochen vorher die Einladungen an die Mitglieder versenden. Anträge von einzelnen Mitgliedern oder Gruppen von solchen sind eine Woche vor der Tagung einzusenden.

11. Die Mitglieder können sich auf jedem örtlichen oder sachlichen Felde zu kleineren oder größeren Gruppen zusammenschließen. Die Anthroposophische Gesellschaft hat ihren Sitz am Goetheanum. Der Vorstand hat von da aus das an die Mitglieder oder Mitgliedergruppen zu bringen, was er als die Aufgabe der Gesellschaft ansieht. Er tritt in Verkehr mit den Funktionären, die von den einzelnen Gruppen gewählt oder ernannt werden. Die einzelnen Gruppen besorgen die Aufnahme der Mitglieder; doch sollen die Aufnahmebestätigungen dem Vorstand in Dornach vorgelegt und von diesem im Vertrauen zu den Gruppenfunktionären unterzeichnet werden. Im allgemeinen soll sich jedes Mitglied einer Gruppe anschließen; nur wem es ganz unmöglich ist, die Aufnahme bei einer Gruppe zu finden, sollte sich in Dornach selbst als Mitglied aufnehmen lassen.

12. Der Mitgliedsbeitrag wird durch die einzelnen Gruppen bestimmt; doch hat jede Gruppe für jedes ihrer Mitglieder 15 Franken an die zentrale Leitung am Goetheanum zu entrichten.

13. Jede Arbeitsgruppe bildet ihre eigenen Statuten; nur sollen diese den Statuten der Anthroposophischen Gesellschaft nicht widersprechen.

14. Gesellschaftsorgan ist die Wochenschrift «Goetheanum», die zu diesem Ziele mit einer Beilage versehen wird, die die offiziellen Mitteilungen der Gesellschaft enthalten soll. Diese

vergrößerte Ausgabe des «Goetheanum» wird nur an die Mitglieder der Anthroposophischen Gesellschaft abgegeben*.

Im engsten Zusammenhang mit der Eröffnungsversammlung vom Vormittag des 25. Dezember stand die Festlichkeit am Morgen des 25., die den Namen trug: «Grundsteinlegung der Allgemeinen Anthroposophischen Gesellschaft».

Es konnte sich dabei nur um eine ideell-geistige Grundsteinlegung handeln. Der Boden, in den der «Grundstein» gelegt wurde, konnten nur die Herzen und Seelen der in der Gesellschaft vereinigten Persönlichkeiten sein, und der Grundstein selbst muß die aus der anthroposophischen Lebensgestaltung quellende Gesinnung sein. Diese Gesinnung bildet in der Art, wie sie von den Zeichen der gegenwärtigen Zeit gefordert wird, der Wille, durch menschliche Seelenvertiefung den Weg zum Anschauen des Geistes und zum Leben aus dem Geiste zu finden. Ich möchte zunächst hieher setzen, womit ich in Spruchform den «Grundstein» zu gestalten versuchte und die weitere Schilderung der Eröffnungsversammlung in der nächsten Nummer dieses Mitteilungsblattes geben.

* Der Einzelbezug der Mitteilungen ist den Mitgliedern möglich. Die Bedingungen dafür finden sich am Kopfe dieser ersten Nummer. Alles, was sich auf die Ausführung der Statuten im Einzelnen bezieht, wird in einer besonderen «Geschäftsordnung» gegeben werden. Diese wird in einer der nächsten Nummern der Mitteilungen enthalten sein.

Menschenseele!
Du lebest in den Gliedern,
Die dich durch die Raumeswelt
In das Geistesmeereswesen tragen:
Übe *Geist-Erinnern*
In Seelentiefen,
Wo in waltendem
Weltenschöpfer-Sein
Das eigne Ich
Im Gottes-Ich
Erweset;
Und du wirst wahrhaft *leben*
Im Menschen-Welten-Wesen.

Denn es waltet der Vater-Geist der Höhen
In den Weltentiefen Sein-erzeugend:
Ihr Kräfte-Geister
Lasset aus den Höhen erklingen,
Was in den Tiefen das Echo findet;
Dieses spricht:
Aus dem Göttlichen weset die Menschheit.
Das hören die Geister in Ost, West, Nord, Süd:
Menschen mögen es hören.

Menschenseele!
Du lebest in dem Herzens-Lungen-Schlage,
Der dich durch den Zeitenrhythmus
Ins eigne Seelenwesensfühlen leitet:
Übe *Geist-Besinnen*
Im Seelengleichgewichte,
Wo die wogenden
Welten-Werde-Taten
Das eigne Ich
Dem Welten-Ich
Vereinen;

Und du wirst wahrhaft *fühlen*
Im Menschen-Seelen-Wirken.

Denn es waltet der Christus-Wille im Umkreis
In den Weltenrhythmen Seelen-begnadend;
Ihr Lichtes-Geister
Lasset vom Osten befeuern,
Was durch den Westen sich formet;
Dieses spricht:
In dem Christus wird Leben der Tod.
Das hören die Geister in Ost, West, Nord, Süd:
Menschen mögen es hören.

Menschenseele!
Du lebest im ruhenden Haupte,
Das dir aus Ewigkeitsgründen
Die Weltgedanken erschließet:
Übe *Geist-Erschauen*
In Gedanken-Ruhe,
Wo die ew'gen Götterziele
Welten-Wesens-Licht
Dem eignen Ich
Zu freiem Wollen
Schenken;
Und du wirst wahrhaft *denken*
In Menschen-Geistes-Gründen.

Denn es walten des Geistes-Weltgedanken
Im Weltenwesen Licht-erflehend:
Ihr Seelen-Geister
Lasset aus den Tiefen erbitten,
Was in den Höhen erhöret wird:
Dieses spricht:
In des Geistes Weltgedanken erwachet die Seele.
Das hören die Geister in Ost, West, Nord, Süd:
Menschen mögen es hören.

In der Zeiten Wende
Trat das Welten-Geistes-Licht
In den irdischen Wesensstrom;
Nacht-Dunkel
Hatte ausgewaltet;
Taghelles Licht
Erstrahlte in Menschenseelen;
Licht,
Das erwärmet
Die armen Hirtenherzen;
Licht,
Das erleuchtet
Die weisen Königshäupter.

Göttliches Licht,
Christus-Sonne
Erwärme
Unsere Herzen;
Erleuchte
Unsere Häupter;
Daß gut werde,
Was wir
Aus Herzen gründen,
Was wir
Aus Häuptern führen
Wollen.

2

Der Vorstand der Allgemeinen Anthroposophischen Gesellschaft

Der Vorstand wurde auf der Weihnachtstagung aus Persönlichkeiten gebildet, die durch die Art ihres Verbundenseins mit dem anthroposophischen Leben in der Lage sein werden, von dem Goetheanum aus mit Initiative dasjenige zu tun, was in der Richtung des auf diesen Spalten Ausgesprochenen liegt. Es müssen dies Persönlichkeiten sein, die am Goetheanum selbst ihre Tätigkeit haben. Über die Art, wie sie sich zu den andern Funktionären der Gesellschaft stellen, soll in der nächsten Nummer dieser Mitteilungen gesprochen werden. Vorläufig sollen hier nur ihre Namen genannt werden: 1. Vorsitzender: Dr. Rudolf Steiner. 2. Vorsitzender: Albert Steffen. Schriftführer: Frau Dr. Ita Wegman. Beisitzer: Frau Marie Steiner, Frl. Lili Vreede. Sekretär und Schatzmeister: Dr. Günther Wachsmuth. Dieser Vorstand wird in Paragraph 15 des «Statuts» als Gründungsvorstand genannt.

Im Inhalt des nächsten Mitteilungsblattes wird vorkommen:

1. Aufruf an die Mitglieder durch Rudolf Steiner.
2. Fortsetzung der Mitteilungen über die Weihnachtstagung.
3. Konstitution der Gesellschaft.
4. Die Freie Hochschule für Geisteswissenschaft.

Es wird wünschenswert sein, dieses Mitteilungsblatt für Mitglieder der einzelnen Länder in Übersetzung erscheinen zu lassen. Wir bitten die verehrten Generalsekretäre oder Vorstände der einzelnen Gesellschaften und Gruppen, uns über diese Übersetzungen Vorschläge zu machen.

20. Januar 1924

An die Mitglieder!

I.

Die Weihnachtstagung zur Begründung der Allgemeinen Anthroposophischen Gesellschaft kann ihren Inhalt nicht allein in dem haben, was die während ihrer Dauer am Goetheanum versammelten Mitglieder erlebt haben. Nur wenn man überall, wo man Anthroposophie liebt, in der Zukunft empfinden wird: es ist durch die Ausführung dessen, was durch diese Tagung angeregt worden ist, neues anthroposophisches Leben gekommen, wird dieser Inhalt wirklich da sein. Wenn dies nicht sein würde, hätte diese Tagung ihre Aufgabe nicht erfüllt. So sprachen wohl auch die Gefühle derjenigen, die Teilnehmer waren.

Mehr als zwei Jahrzehnte ist das anthroposophische Leben gepflegt worden. Diejenigen Persönlichkeiten, die sich in den bisher bestehenden Formen zu diesem Leben zusammengeschlossen haben, werden, wenn sie ihre Erfahrungen sprechen lassen, verstehen, warum vom Goetheanum aus versucht worden ist, einen neuen Impuls zu geben.

Aus kleinen Anfängen ist das anthroposophische Streben heraus gewachsen. Wenige Menschen haben sich innerhalb des Rahmens der Theosophischen Gesellschaft zur Teilnahme an dem zusammengefunden, was in der besonderen Gestalt der Anthroposophie vor sie hintrat. Kennen lernen wollten sie zunächst diese Anthroposophie und für das Leben fruchtbar sein lassen. In kleinen Kreisen und in kleinen öffentlichen Veranstaltungen wurde über die geistige Welt, über das Wesen des Menschen und über die Art, wie man zur Erkenntnis von beiden kommt, gesprochen. Kaum kümmerte sich jemand, der nicht an den Veranstaltungen teilgenommen hat, um das, was da vorgebracht wurde. Und von denjenigen, die teilnahmen, fanden viele, was ihre Seelen aus tiefster Sehnsucht suchten. Dann wurden sie entweder treue, stille Anteilnehmer oder mehr oder weniger enthusiastische Mitarbeiter. Andere fanden es nicht und blieben, als sie dies bemerkten, weg. Alles ging in Ruhe und ohne Störung von außen vor sich.

Viele Jahre hindurch ist es so gewesen. Es wurden die grundlegenden Geistes- und Seelen-Einsichten gepflegt. Man konnte in dieser Pflege sehr weit gehen. Für Persönlichkeiten, die längere Zeit mit der Anthroposophie sich beschäftigt hatten, konnte eine Gelegenheit geschaffen werden, durch die sie von den grundlegenden zu den höheren Wahrheiten aufsteigen konnten. Dadurch wurde als Anthroposophie etwas begründet, das nicht nur ein geisteswissenschaftliches Erkenntnissystem, sondern etwas Lebendiges in den Herzen vieler Menschen war.

Doch Anthroposophie geht bis an die Wurzel des Menschendaseins. Und sie findet sich in dieser Wurzel zusammen mit allem, was im Erleben und Schaffen der Menschen erwächst. Deshalb war es naturgemäß, daß sie ihre Betätigung nach und nach über die mannigfaltigsten Gebiete des Erlebens und Schaffens ausdehnte.

Ein Anfang wurde mit dem Künstlerischen gemacht. In Mysterienaufführungen wurde künstlerisch gestaltet, was die geistgemäße Anschauung von Welt und Menschen offenbarte. Zahlreichen Mitgliedern war es befriedigend, im künstlerischen Bilde wieder zu empfangen, was sie vorher ohne äußeres Bild, nur im Gemüte, aufgenommen hatten.

Auch dies konnte geschehen, ohne daß sich andere Menschen als die unmittelbar Beteiligten viel darum kümmerten.

Da wurde von enthusiastischen und opferwilligen Anteilnehmern an der Anthroposophie der Plan gefaßt, dieser eine eigene Heimstätte zu schaffen. 1913 konnte der Grundstein zu dieser, die später Goetheanum genannt wurde, gelegt werden. In den darauffolgenden Jahren wurde sie gebaut.

Ein anderes kam hinzu. In der Anthroposophischen Gesellschaft hatten sich allmählich Persönlichkeiten eingefunden, deren Lebensaufgabe die Pflege des einen oder des andern wissenschaftlichen Gebietes war. Gewiß, der ursprüngliche Beweggrund ihres Anschlusses an die Gesellschaft war auch für diese Persönlichkeiten das allgemeine menschliche Seelen- und Herzensbedürfnis. Sie wollten in ihrer Seele die Wege finden, die diese an das Licht des Geistes heranführen. – Aber ihr wissenschaftlicher Entwickelungsgang hatte sie auch dazu geführt, einzusehen, daß die herrschenden Anschauungen überall, wo entscheidende Erkenntnisse zu einem brennenden Bedürfnis des Menschen werden, versagen, weil sie an tote Punkte kommen. Sie mußten erfahren, daß man die Wissenschaften überall da fortsetzen könne, wo sie nach den bisherigen Methoden in das Nichtige auslaufen, wenn man sie durch Anthroposophie befruchtet. – Und so entstand anthroposophische Arbeit auf den mannigfaltigsten wissenschaftlichen Gebieten.

Durch das Goetheanum und durch die wissenschaftliche Arbeit war die Anthroposophische Gesellschaft so vor die Welt hingestellt, daß deren vorherige ruhige und störungsfreie Entwickelung aufhörte. Man wurde auf Anthroposophie aufmerksam. Man fing außerhalb ihrer eigenen Kreise an, zu fragen, was an ihr richtig und heilsam ist. Es konnte nicht ausbleiben, daß sich Menschen fanden, welche mit ihrem Urteile an anderem hingen, als was Anthroposophie zeigte, oder die ihr Leben mit etwas verbunden hatten, das im Lichte der Anthroposophie nicht so erschien, wie sie es haben wollten. Diese fingen nun an, Anthroposophie von ihren Gesichtspunkten und Lebensinhalten aus zu beurteilen.

Was nun daraus in ganz kurzer Zeit entstand, darauf war die Anthroposophische Gesellschaft nicht vorbereitet. In ihr ist ruhig gearbeitet worden. Und in der ruhigen Arbeit fanden weitaus die meisten der Mitglieder ihre volle Befriedigung. Es war alles, was sie glaubten, leisten zu sollen neben den Aufgaben, die ihnen ihr Platz im äußeren Leben zugewiesen hatte.

Und wer könnte diesen Mitgliedern auch nur im geringsten unrecht geben, wenn sie in dieser Art denken? Menschen, die unbefriedigt sich von anderem abwenden und zur Anthroposophie kommen, wollen naturgemäß in ihr das Positive der

Geist-Erkenntnis und des geistigen Lebens finden. Sie fühlen sich in ihrem Suchen gestört, wenn sie von allen Seiten von Kämpfen gegen die Anthroposophie berührt werden.

Es ist schon so, daß die ernste Frage für die Anthroposophische Gesellschaft entstanden ist: wie ist in der Art, die für wahre Pflege des Geisteslebens notwendig ist, diese Pflege weiterzuführen, trotzdem die Zeit vorüber ist, in der sich um Anthroposophie niemand außer den Anteilnehmenden kümmerte? Vor der Leitung des Goetheanums gestaltete sich eine der Fragen, die für sie in Betracht kommen, so: Ist vielleicht nötig, sich zu gestehen, daß von der Anthroposophischen Gesellschaft noch *mehr* Anthroposophie erarbeitet werde, als bisher geschehen ist? Und wie kann dies geschehen?

Von diesen Fragen ausgehend, möchte ich in der folgenden Nummer dieses Nachrichtenblattes meine «Ansprache an die Mitglieder» fortsetzen.

27. Januar 1924

An die Mitglieder!

II.

Das rechte Verhältnis der Gesellschaft zur Anthroposophie

Für Menschen soll Anthroposophie da sein, die in ihrer Seele die Wege zum geistigen Erleben suchen. Und wenn die Anthroposophische Gesellschaft ihre Aufgabe erfüllen will, dann muß sie den suchenden Seelen dienen können. Sie muß als Gesellschaft selbst das rechte Verhältnis zur Anthroposophie finden.

Anthroposophie kann nur als etwas Lebendiges gedeihen. Denn der Grundzug ihres Wesens ist Leben. Sie ist aus dem Geiste fließendes Leben. Deshalb will sie von der lebendigen Seele, von dem warmen Herzen gepflegt sein.

Die Urform, in der sie unter Menschen auftreten kann, ist die Idee; und das erste Tor, an das sie sich bei Menschen wendet, ist die Einsicht. Wäre das nicht so, sie hätte keinen Inhalt. Sie wäre bloße Gefühlsschwärmerei. Aber der wahre Geist schwärmt nicht; er spricht eine deutliche, inhaltvolle Sprache.

Aber diese Sprache ist eine solche, die nicht allein den Verstand, sondern den ganzen Menschen ergreift. Wer nur mit dem Verstande Anthroposophie aufnimmt, der tötet sie in seinem Aufnehmen. Er findet dann vielleicht, daß sie «kalte Wissenschaft» sei. Aber er bemerkt nicht, daß sie erst durch den Empfang, den er ihr in seiner Seele bereitet hat, ihr warmes Leben verloren hat.

Anthroposophie muß sich, wenn sie in unserer Gegenwart ein Dasein haben will, der Mittel der gegenwärtigen Zivilisation bedienen. Sie muß in Büchern und im Vortrage ihren Weg zu den Menschen finden. Allein sie ist, ihrem Wesen nach, keine Sache für Bibliotheken. Sie muß jedesmal neu erstehen, wenn das Menschenherz sich an das Buch wendet, um von ihr zu erfahren. Das wird nur sein können, wenn das Buch so geschrieben ist, daß der Mensch beim Schreiben in die Herzen der Mitmenschen geschaut hat, um wissen zu können, was er ihnen zu sagen hat. Das wird aber auch nur sein können, wenn der Mensch beim Schreiben von dem Leben des Geistes berührt ist, und wenn er dadurch in die Lage kommt, dem toten Schreibworte anzuvertrauen, was die nach dem Geistigen suchende Seele des Lesers als ein Wiedererstehen des Geistes aus dem Worte empfinden kann. Nur Bücher, die im lesenden Menschen lebendig werden können, sind anthroposophische Bücher.

Noch weniger als das tote Buch selbst verträgt die Anthroposophie das in der Menschenrede zum Scheinleben gewordene Buch. Unsere Gegenwartszivilisation ist in vielen Gebieten so, daß Lesen eines Buches oder Aufsatzes und Anhören eines Menschen als etwas Gleichartiges erscheinen. Man lernt, indem man einem Menschen zuhört, nicht den Menschen kennen, sondern das, was er gedacht hat und was ebensogut geschrieben sein kann.

Anthroposophie verträgt nicht, daß sie restlos von dieser

Art aufgesogen werde. Wer Anthroposophie von einem Menschen hört, der will den Menschen in all seinem ursprünglichen Wesen vor sich haben, nicht einen gesprochenen Aufsatz.

Deshalb kann Anthroposophie, wenn sie auch als Literatur notwendig leben *muß*, jedesmal wie neu geboren werden, wenn sie in einer Gruppe von Menschen im Worte den Weg zu den Seelen sucht. Aber sie wird da nur neu geboren werden, wenn der Mensch zum Menschen spricht, nicht der aufgenommene Gedanke.

Anthroposophie kann deshalb ihre Wege auch nicht durch ein gewöhnliches Agitieren finden, wenn dieses auch mit gutem Willen getrieben wird. Agitation tötet die wahre Anthroposophie. Diese muß auftreten, weil sie vom Geiste zu ihrem Auftreten geführt wird. Sie muß ihr Leben erweisen, weil alles Leben nur im Dasein sich offenbaren kann. Aber sie darf mit ihrem Dasein niemanden bedrängen. Sie muß warten, ob jemand kommt, der sie aufnehmen will. Einen Zwang auch nur durch Überredung gegenüber den Menschen darf sie nicht kennen.

Solche Gesinnung, das möchte ich als etwas, das aus der Weihnachtstagung hervorgehen muß, den Mitgliedern als etwas besonders Notwendiges hinstellen. Wir sind mit vielem auf Widerstand gestoßen, weil solche Gesinnung nicht immer rein in den Herzen gelebt hat. Oft, auch wenn wir uns solcher Gesinnung befleißigten, konnten wir sie in der Prägung der Worte nicht festhalten. Und schon in unseren Worten muß tönen, was nicht agitatorisch überreden, sondern was allein dem Geiste Ausdruck verleihen will.

Von solcher Gesinnung getragene Anthroposophie wird *mehr* sein, als was bisher in unseren Gruppen oft von Anthroposophie gelebt hat. Das Goetheanum möchte allein aus *dieser* Gesinnung heraus wirken. Es hat sich den uns entrissenen Bau in solchen künstlerischen Formen errichtet, die schon für sich diese Gesinnung offenbarten. Wenn sich in das untergegangene Goetheanum ein Wort verirrte, das agitatorisch tönte, so gab es einen schrillen Mißklang zwischen ihm und den Bauformen. Wenn das Goetheanum neu ersteht, so wird es nur dann eine Wahrheit sein, wenn die Anthroposophische Gesellschaft überall ein lebendiger Zeuge seiner Wahrheit wird sein wollen.

Man darf gerade auf dem Boden der Anthroposophie nicht glauben, daß wirksam nur das sein kann, dem man die Wirksamkeit künstlich aufprägt. Was aus dem Wesen seines eigenen Geistes heraus lebt, das kann warten, bis die Welt seine Wirksamkeit aufnehmen will.

Wenn in jeder Gruppe der Anthroposophischen Gesellschaft diese Gesinnung lebt, dann wird der Geist der Anthroposophie auch hinauswirken dahin, wo es unsere Pflicht ist, vor die Welt Anthroposophie hinzutragen. Wir dürfen nicht uns mit dem Flitter der Geheimnistuerei umgeben. Die Gegenwart verträgt solchen Flitter nicht. Sie will wirken in voller Öffentlichkeit. Das «Geheimnis» liegt nicht in der Geheimnistuerei, sondern in dem innerlichen Ernste, mit dem in jedem Herzen Anthroposophie neu erlebt werden muß. Sie kann nicht auf äußerliche Art übertragen werden. Sie kann nur in innerem Erleben von der Seele erfaßt werden. Dadurch wird sie zum «Geheimnis», das jedesmal im Verständnis neu entsiegelt werden muß. Begreift man *diese* Art von «Geheimnis», so wird man auch die rechte «esoterische» Gesinnung in seiner Seele tragen.

3. Februar 1924

An die Mitglieder!

III.

Anthroposophische Mitgliederversammlungen

Es ist in nicht wenigen Fällen vorgekommen, daß Persönlichkeiten die Mitgliedschaft der Anthroposophischen Gesellschaft nur aus dem Grunde erworben haben, weil sie dadurch die Schriften kaufen konnten, die außerhalb der Gesellschaft bisher unverkäuflich waren. Um das Leben in den Gruppen der Gesellschaft haben sich diese Mitglieder dann wenig gekümmert. Sie gingen ja wohl zunächst zu Mitgliederzusammenkünften, blieben aber nach kurzer Zeit weg und sagten: was da getrieben wird, fördert mich nicht. Ich komme besser zur Anthroposophie, wenn ich mich für mich allein mit ihr beschäftige.

Es ist gewiß nicht zu leugnen, daß die Vorwürfe, die solche Persönlichkeiten den Mitgliederversammlungen machten, nicht immer begründet waren. Es lag nicht immer an diesen Versammlungen, sondern oft an den unmöglich zu befriedigenden Ansprüchen derer, die kein Verhältnis zu ihnen finden konnten.

Es ist eben leicht, zu sagen: dies oder jenes befriedigt mich nicht. Schwieriger ist es, dieses Nicht-Befriedigende in Ruhe zu bemerken und dann die nötigen Anstrengungen machen, um *von sich aus* zur Besserung beizutragen.

Aber andererseits ist kein Grund dazu vorhanden, die Tatsache zu verbergen, daß in den Mitgliederzusammenkünften manches anders sein sollte, als es ist.

Gerade bei solchen Zusammenkünften könnte sich eine bedeutsame Wahrheit bewähren. Wenn Menschen zusammen das Geistige in innerer Ehrlichkeit suchen, dann finden sie auch die Wege zueinander, von Seele zu Seele.

Diese Wege zu finden, ist gegenwärtig einer unbegrenzt großen Anzahl von Menschen ein tiefes Herzensbedürfnis. Sie sagen: wenn die Anthroposophie die rechte Lebensanschauung ist, dann muß bei denen, die sich Anthroposophen nennen, dieses Herzensbedürfnis vorhanden sein. Dann aber müssen sie sehen, wie viele, die in den Mitgliedergruppen Anthroposophie als ihre theoretische Überzeugung vertreten, dieses Herzensbedürfnis nicht zeigen.

Anthroposophische Mitgliederversammlungen müssen es sich natürlich zur Aufgabe machen, den Inhalt der anthroposophischen Weltanschauung zu pflegen. Man liest und hört an dasjenige, was durch Anthroposophie an Erkenntnissen gewonnen ist. Wer das nicht einsieht, hat gewiß unrecht. Denn um bloß über allerlei Meinungen zu debattieren, die man auch ohne Anthroposophie hat, dazu braucht man eben keine Anthroposophische Gesellschaft. Aber wenn es beim bloßen Vorlesen der anthroposophischen Schriften bleibt, oder auch, wenn Anthroposophie als bloße Lehre vorgetragen wird, dann ist es richtig, daß man dasselbe, was die Zusammenkünfte bringen, auch in aller Einsamkeit durch die Lektüre erreichen kann.

Jeder, der zu anthroposophischen Zusammenkünften geht, sollte das Gefühl haben, er finde da *mehr*, als wenn er bloß in Einsamkeit Anthroposophie treibt. Er sollte dahin gehen können, weil er da Menschen findet, mit denen zusammen er gerne Anthroposophie treiben will. In den Schriften über Anthroposophie findet man eine Weltanschauung. In den anthroposophischen Zusammenkünften sollte der *Mensch den Menschen* finden.

Auch wer noch so eifrig Anthroposophisches liest, der sollte ein freudiges, gehobenes Gefühl haben können, in eine Zusammenkunft von Anthroposophen zu gehen, weil er sich auf die Menschen freut, die er da findet. Er sollte sich auch dann freuen können, wenn er voraussetzen muß, daß er nichts anderes hört, als was er längst schon in sich aufgenommen hat.

Findet man in einer anthroposophischen Gruppe ein neu eingetretenes Mitglied, so sollte man es als altes Mitglied nicht bei der Befriedigung bewenden lassen, daß die Anthroposophie wieder einen neuen «Anhänger» gewonnen habe. Man sollte nicht bloß den Gedanken haben: jetzt ist wieder einer da, in den man Anthroposophie hineingießen kann; sondern man sollte eine Empfindung für das Menschliche haben, das mit dem neuen Mitgliede in die anthroposophische Gruppe hereinkommt.

In der Anthroposophie kommt es auf die *Wahrheiten* an, die durch sie offenbar werden können; in der Anthroposophischen Gesellschaft kommt es auf das *Leben* an, das in ihr gepflegt wird.

Es wäre von größtem Übel, wenn in berechtigter Art die Meinung aufkommen könnte: Anthroposophie mag noch so wertvoll sein, wenn ich aber Menschen näherkommen will, dann gehe ich lieber anderswo hin, als wo Anthroposophen in Selbstzufriedenheit fanatisch mir nur ihre theoretischen Gedanken an den Kopf werfen wollen und sagen: wenn du nicht denkst wie ich, so bist du höchstens ein halber Mensch.

Viel aber kann zum berechtigten Aufkommen einer solchen Meinung beitragen auf der einen Seite das kalte, nüchterne Belehrenwollen, in das man leicht verfällt, wenn man die Wahrheit der Anthroposophie eingesehen hat. Auf der andern Seite aber steht das Esoterik-Spielen, das manchen neu Eintretenden so stark abstößt, wenn er an die anthroposophischen Zusammenkünfte herantritt. Ein solcher findet Menschen, die geheimnisvoll damit tun, daß sie vieles wissen, was man denen, die «dazu noch nicht reif sind, nicht sagen kann». Aber über der ganzen Rederei schwebt etwas Spielerisches. Esoterisches verträgt eben nur Lebensernst, nicht die eitle Befriedigung, die man an dem Beschwätzen hoher Wahrheiten haben kann. Deshalb muß noch lange nicht die Sentimentalität, die sich vor der Freude und der Begeisterung fürchtet, das Lebenselement im Zusammenleben der Anthroposophen sein. Aber das spielerische Sich-Zurückziehen vor dem «profanen Leben», um «wahre Esoterik» zu treiben, das verträgt die Anthroposophische Gesellschaft nicht. Das Leben enthält an allen Orten viel mehr Esoterisches, als sich oft diejenigen träumen lassen, die da sagen: da oder dort kann man nicht Esoterik treiben; man muß das in diesem oder jenem abgesonderten Zirkel tun. Gewiß sind solche Zirkel oft notwendig. Aber sie können spielerisches Wesen nicht vertragen. Sie müssen Stätten sein, von denen aus das Leben wirklich befruchtet werden kann. «Esoterische» Zirkel, die nur entstehen, um durch den mangelnden Ernst bald wieder zu verschwinden, können nur zerstörende Kräfte in die Anthroposophische Gesellschaft tragen. Sie gehen nur allzu oft aus Cliquenbedürfnis hervor, und dieses bewirkt nicht, daß *viel*, sondern daß *wenig* anthroposophisches Leben in der Gesellschaft ist. Wenn es gelingt, dem innerlich Unwahren, das in vielem Reden über «Esoterik» bisher vorhanden war, entgegenzuwirken, so wird die wahre Esoterik in der Anthroposophischen Gesellschaft eine rechte Stätte finden können.

10. Februar 1924

An die Mitglieder!

IV.

Die Stellung der Mitglieder zur Gesellschaft

Es ist begreiflich, daß unter den Mitgliedern der Anthroposophischen Gesellschaft eine verschiedene Auffassung herrscht über ihre Stellung zu dieser Gesellschaft. Wer in diese eintritt, kann die Auffassung haben, in ihr zu finden, was er aus den innersten Bedürfnissen seiner Seele heraus sucht. Und in diesem Suchen und dem Finden dessen, was ihm die Gesellschaft geben kann, findet dann ein solches Mitglied den Sinn seiner Mitgliedschaft. Ich habe schon angedeutet, daß gegen eine solche Auffassung im Grunde nichts eingewendet werden kann.

Denn die Gesellschaft kann wegen des Wesens der Anthroposophie nicht die Aufgabe haben, einen Kreis von Menschen zu vereinigen, denen sie bei ihrem Eintritte Pflichten auferlegt, die sie nicht schon vorher anerkannt haben, sondern nur um der Gesellschaft willen ausüben sollen. Pflichten kann im eigentlichen Sinne nur die Gesellschaft gegenüber den Mitgliedern haben.

Aber gerade dieses Selbstverständliche bewirkt ein anderes, das nicht immer in der richtigen Art angesehen, oft überhaupt nicht einmal bedacht wird.

Es erwächst nämlich sogleich für dasjenige Mitglied, das in irgendeiner Art *tätig* in der Gesellschaft für diese wird, eine große Verantwortlichkeit und ein ernster Pflichtenkreis. Wer zu einer solchen Tätigkeit nicht überzugehen die Absicht hat, dem sollte man seine stillen Kreise nicht stören. Wer aber in der Gesellschaft irgend etwas tun will, der darf nicht außer acht lassen, daß er die Angelegenheiten der Gesellschaft zu seinen eigenen machen muß.

Will jemand ein stilles Mitglied sein, dann muß es an ihm begreiflich sein, wenn er zum Beispiel sagt: ich kann mich nicht darum bekümmern, was die Gegner der Gesellschaft über diese sagen. Das hört sogleich auf, wenn er über den Kreis der stillen Anteilnahme hinausgeht. Dann erwächst ihm sogleich die Aufgabe, auf die Gegnerschaft hinzusehen und an der Anthroposophie und Gesellschaft das zu verteidigen, was an ihr in berechtigter Art zu verteidigen ist.

Daß *dieser* ganz notwendigen Tatsache nicht immer Rechnung getragen worden ist, war der Gesellschaft nicht förderlich. Es muß die Mitglieder, die von der Gesellschaft mit allem guten Recht fordern können, daß sie ihnen zunächst *gibt,* was sie ihnen verspricht, sonderbar berühren, wenn man sogleich von ihnen denselben Pflichtenkreis verlangt, den diejenigen sich auferlegen müssen, welche diese Versprechungen machen.

Wenn man von Pflichten der Mitglieder im Hinblick auf die Gesellschaft redet, so kann sich dieses also nur auf die tätig sein wollenden Mitglieder beziehen. Das soll natürlich nicht verwechselt werden mit dem Sprechen von Verpflichtungen der Menschen als solchen, das aus der Anthroposophie selbst heraus sich ergibt. Diese Dinge werden aber immer den ganz allgemeinen menschlichen Charakter tragen und nur den Anschauungskreis darüber so erweitern, wie sich das aus der Einsicht in die geistige Welt ergibt. Redet die Anthroposophie von *solchen* Verpflichtungen, so kann sie damit nie meinen, daß man damit etwas nur für die Anthroposophische Gesellschaft Verbindliches sagt, sondern etwas, das sich aus der recht verstandenen Menschenwesenheit als solcher ergibt.

Aber gerade deswegen, weil aus dem Wesen der Anthroposophischen Gesellschaft für die in ihr tätigen Mitglieder der Pflichtenkreis erwächst, sollte dieser so ernst wie möglich genommen werden. Wer zum Beispiele als Mitglied der Gesellschaft anderen die Einsichten der Anthroposophie überliefern will, dem erwachsen sogleich diese Pflichten, wenn er über den allerengsten stillen Kreis einer solchen Belehrung hinausgeht. Ein solcher wird sich klar sein müssen über die allgemeine geistige Lage der Menschen in der gegenwärtigen Zeit. Er wird von der Aufgabe der Anthroposophie eine deutliche Vorstellung haben müssen. Er wird, soviel ihm dies auch nur möglich ist, sich in Zusammenhang halten müssen mit den andern tätigen Mitgliedern der Gesellschaft. Eine solche Persönlichkeit wird weit davon entfernt sein müssen, zu sagen: es erregt mein Interesse nicht, wenn die Anthroposophie und ihre Träger von Gegnern in einem falschen Lichte dargestellt oder sogar verleumdet werden.

Der Vorstand, der bei der Weihnachtstagung gebildet worden ist, faßt seine Aufgabe so auf, daß er dem hier Ausgesprochenen innerhalb der Gesellschaft zur Verwirklichung verhelfen will. Und er kann nicht anders, als alle tätig sein wollenden Mitglieder darum zu bitten, sich zu Mithelfern dieser seiner Absichten zu machen.

Nur dadurch kann erreicht werden, daß die Gesellschaft ihrer gesamten Mitgliedschaft und damit auch der Welt das halten kann, was sie verspricht.

Es ist zum Beispiel wirklich betrüblich, wenn man die folgende Erfahrung macht: Es kommt innerhalb der Gesellschaft vor, daß sich an einem Orte *tätig sein wollende* Mitglieder von Zeit zu Zeit über die Angelegenheiten der Gesellschaft besprechen. Sie halten zu diesem Zwecke Versammlungen ab. Wenn man dann mit den einzelnen Persönlichkeiten, die bei diesen Versammlungen sitzen, spricht, so bemerkt man, daß sie in Wirklichkeit übereinander, über ihre Tätigkeiten für die Gesellschaft und so weiter Ansichten haben, die bei den Versammlungen gar nicht zur Sprache kommen. Man kann erfahren, daß irgend jemand gar keine Ahnung hat, wie die oft mit ihm Vereinten über seine Tätigkeit denken. Dergleichen in bessere Bahnen zu bringen, müßte ganz unbedingt aus dem Impuls folgen, den die Weihnachtstagung gegeben hat. Die tätig sein wollenden Mitglieder vor allen müßten diesen Impuls zu verstehen versuchen.

Man hört von solchen tätig sein wollenden Mitgliedern gar oft sagen: ich habe ja den guten Willen; aber ich weiß eben nicht, was das Richtige ist. Man sollte über diesen «guten Willen» doch nicht eine allzu bequeme Ansicht haben. Man sollte sich doch immer wieder fragen: habe ich denn auch wirklich alle Wege gesucht, die sich in der Gesellschaft bieten, um das «Richtige» in der gutwilligen Zusammenarbeit mit andern zu finden?

17. Februar 1924

An die Mitglieder!

V.

Anthroposophische Leitsätze

Man soll an dieser Stelle in der Zukunft eine Art anthroposophischer Leitsätze finden. Sie sind so aufzufassen, daß sie Ratschläge enthalten über die Richtung, welche die Vorträge und Besprechungen in den einzelnen Gruppen der Gesellschaft durch die führenden Mitglieder nehmen können. Es wird dabei nur an eine Anregung gedacht, die vom Goetheanum aus der gesamten Gesellschaft gegeben werden möchte. Die Selbständigkeit im Wirken der einzelnen führenden Mitglieder soll damit nicht angetastet werden. Es ist gut, wenn die Gesellschaft sich so entfaltet, daß in völlig freier Art in den einzelnen Gruppen zur Geltung kommt, was die führenden Mitglieder zu sagen haben. Dadurch wird das Leben der Gesellschaft bereichert und in sich mannigfaltig gestaltet werden.

Aber es sollte ein einheitliches Bewußtsein in der Gesellschaft entstehen können. Das kann geschehen, wenn man von den Anregungen, die an den einzelnen Orten gegeben werden, überall weiß. Deshalb werden hier in kurzen Sätzen solche Darstellungen zusammengefaßt werden, die von mir am

Goetheanum für die Gesellschaft in Vorträgen gegeben werden. Ich denke mir, daß dann von denjenigen Persönlichkeiten, die in den Gruppen (Zweigen) Vorträge halten oder die Besprechungen leiten, dabei das Gegebene als Richtlinien genommen werde, um in freier Art daran anzuknüpfen. Es kann dadurch zu einer einheitlichen Gestaltung im Wirken der Gesellschaft etwas beigetragen werden, ohne daß an einen Zwang in irgendeiner Art gedacht wird.

Fruchtbar für die ganze Gesellschaft kann die Sache werden, wenn der Vorgang auch die entsprechende Gegenliebe findet, wenn die führenden Mitglieder über Inhalt und Art ihrer Vorträge und Anregungen auch den Vorstand am Goetheanum unterrichten. Wir werden dadurch erst aus einem Chaos verschiedener Gruppen zu einer Gesellschaft mit einem geistigen Inhalt.

Die Leitlinien, die hier gegeben werden, sollen gewissermaßen Themen anschlagen. Man wird dann in der anthroposophischen Bücher- und Zyklenliteratur an den verschiedensten Stellen die Anhaltspunkte finden, um das im Thema Angeschlagene so auszugestalten, daß es den Inhalt der Gruppenbesprechungen bilden kann.

Auch dann, wenn neue Ideen von den leitenden Mitgliedern in den einzelnen Gruppen zutage treten, können sie ja an dasjenige angeknüpft werden, was in der geschilderten Art vom Goetheanum aus als ein Rahmen für das geistige Wirken der Gesellschaft angeregt werden soll.

Es ist ganz gewiß eine Wahrheit, gegen die nicht gesündigt werden darf, daß geistiges Wirken *nur* aus der freien Entfaltung der wirkenden Persönlichkeiten hervorgehen kann. Allein, es braucht dagegen nicht gesündigt zu werden, wenn in rechter Art innerhalb der Gesellschaft der eine mit dem andern im Einklange handelt. Wenn das nicht sein könnte, so müßte die Zugehörigkeit des Einzelnen oder der Gruppen zur Gesellschaft immer etwas Äußerliches bleiben. Diese Zugehörigkeit soll aber etwas sein, das man als *Innerliches* empfindet.

Es kann doch eben nicht *so* sein, daß das Vorhandensein der

Anthroposophischen Gesellschaft von dieser oder jener Persönlichkeit nur als Gelegenheit benützt wird, um *das* zu sagen, was man aus dieser oder jener Absicht heraus persönlich sagen will, sondern die Gesellschaft muß die Pflegestätte dessen sein, *was Anthroposophie* ist. Alles andere kann ja auch außerhalb ihres Rahmens gepflegt werden. *Sie* kann nicht dafür da sein.

Es ist in den letzten Jahren nicht zum Vorteil der Gesellschaft gewesen, daß in sie einzelne Mitglieder ihre Eigenwünsche hineingetragen haben, bloß weil sie mit deren Vergrößerung für diese Eigenwünsche ein Wirkungsfeld zu finden glaubten. Man kann sagen: warum ist dem nicht in der gebührenden Art entgegengetreten worden? – Wäre das geschehen, so würde heute überall die Meinung zu hören sein: ja, wenn man damals die Anregungen von dieser oder jener Seite aufgenommen hätte, wo wären wir gegenwärtig? Nun, man hat vieles aufgenommen, was kläglich gescheitert ist, was uns zurückgeworfen hat.

Aber nun ist es genug. Die Probe auf das Exempel, das einzelne Experimentatoren in der Gesellschaft geben wollten, ist gemacht. Man braucht dergleichen nicht ins Endlose zu wiederholen. Der Vorstand am Goetheanum soll ein Körper sein, der Anthroposophie pflegen will, und die Gesellschaft sollte eine Verbindung von Menschen sein, die sich mit ihm über ihre Pflege der Anthroposophie lebendig verständigen wollen.

Man soll nicht denken, daß, was angestrebt werden soll, von heute auf morgen erreicht werden kann. Man wird Zeit brauchen. Und es wird Geduld nötig sein. Wenn geglaubt wird, in ein paar Wochen könne verwirklicht da sein, was in den Absichten der Weihnachtstagung liegt, so wird das wieder von Schaden sein.

Leitsätze 1-23.

24. Februar 1924

An die Mitglieder!

VI.

Erkenntnisstreben und Wille zur Selbstzucht

In der Anthroposophischen Gesellschaft treten die Menschen einander näher, als sie dies tun würden, wenn sie sich auf einem andren Lebensfelde begegnen würden. Das gemeinsame Interesse für das geistige Weltwesen schließt die Seelen auf. Es erscheint für den einen bedeutsam, was der andere in seinem Streben nach dem Geistigen innerlich erlebt. Der Mensch wird mitteilsam, wenn er weiß, er steht einem Mitmenschen gegenüber, der für das Innerste, das die Seele bewegt, ein aufmerksames Gehör hat.

Dadurch bildet es sich wie von selbst, daß die Mitglieder der Gesellschaft anderes und dieses andere auch anders aneinander beobachten als andere Menschen. Das aber schließt zugleich eine Gefahr in sich. Man lernt einander schätzen, indem man sich trifft. Man hat die innigste Freude an der Seelenäußerung des andern. Alle edlen Wirkungen des freundschaftlichen Zusammenseins können sich rasch entfalten. Es liegt nahe, daß diese Wirkungen sich rasch zur Schwärmerei steigern können. Man sollte einer solchen Schwärmerei, trotzdem sie ihre Schattenseiten hat, nicht *nur* das kalte, nüchterne Philisterherz oder die überlegene Weltmenschenhaltung entgegenbringen. Schwärmerei, die sich zur harmonischen Seelenhaltung durchgerungen hat, ist geist-erschließender als ein Gleichmaß, das an allen bedeutsamen Lebensoffenbarungen mit starrer Haltung vorbeigeht.

Es können aber leicht Menschen, die einander rasch nahekommen, sich ebenso rasch wieder voneinander entfernen. Hat man den andern genau kennen gelernt, weil er sich voll aufgeschlossen hat, so bemerkt man auch bald seine Schwächen. Und dann kann die – negative Schwärmerei auftreten. Und diese Gefahr ist in der Anthroposophischen Gesellschaft eine überall herumschleichende. Gegen sie zu wirken, gehört zu den Aufgaben der Gesellschaft. Innere Toleranz gegen den andern sollte daher jeder im Tiefsten seiner Seele anstreben, der rechtes Mitglied der Gesellschaft sein will. Den andern *verstehen* lernen auch da, wo er Dinge denkt und tut, die man nicht selber denken und tun möchte, das sollte ein Ideal darstellen.

Es braucht dies nicht gleichbedeutend zu sein mit der Urteilslosigkeit gegenüber Schwächen und Fehlern. Verstehen ist etwas anderes als Sich-blind-machen. Man kann zu einem Menschen, den man liebt, von dessen Verfehlungen reden: er wird in vielen Fällen darin den schönsten Freundschaftsdienst sehen. Man kann aber auch mit der Empfindung des gleichgültigen Richters den andern abkanzeln: er prallt zurück vor der Verständnislosigkeit und tröstet sich mit dem Haßgefühle, das in ihm gegenüber dem Kritiker aufdämmert.

Es kann in vieler Beziehung in der Anthroposophischen Gesellschaft verhängnisvoll werden, wenn die Intoleranz und Verständnislosigkeit gegenüber andern Menschen in sie in der Form hineingetragen werden, in der sie gegenwärtig in weitem Umfange das Leben beherrschen. Denn durch das Nahe-Stehen der Menschen steigern sie sich innerhalb der Gesellschaft.

Das sind Dinge, die stark darauf hinweisen, wie das lebendigere Erkenntnisstreben in der Anthroposophischen Gesellschaft notwendig begleitet sein muß von dem Ringen nach einer Veredelung des Gefühls- und Empfindungslebens. Das verstärkte Erkenntnisstreben vertieft das Seelenleben nach der Region hin, wo Hochmut, Selbstüberschätzung, Teilnahmslosigkeit mit andern Menschen und noch vieles andere lauern. Ein minderes Erkenntnisstreben greift auch nur schwach in diese Region ein. Es läßt sie in den Tiefen der Seele schlafen. Ein regsames Erkenntnisleben stört sie aus ihrem Schlafe auf. Gewohnheiten, die sie niedergehalten haben, verlieren ihre Kraft. Das Ideal, das auf Geistiges sich richtet, kann Seeleneigenschaften erwecken, die ohne dieses Ideal nicht offenbar geworden wären. Die Anthroposophische Gesellschaft sollte dazu da sein, durch die Pflege edlen Gefühls- und Empfindungslebens Gefahren entgegenzuwirken, die da lauern. Es gibt Instinkte in der Menschennatur, die zur Furcht vor der Erkenntnis treiben, weil sie solche Zusammenhänge wittern. Wer aber sein Erkenntnisstreben deshalb schlummern läßt, weil durch dessen Pflege seine häßlichen Gefühle aufgerührt werden, der verzichtet auch darauf, den vollen Umfang des wahren Menschen in sich zu entwickeln. Es ist menschenunwürdig, die Einsicht zu lähmen, weil man sich vor der Charakterschwäche fürchtet. Es kann allein menschenwürdig sein, mit dem Erkenntnisstreben auch das nach dem Willen zur Selbstzucht zu verbinden.

Und durch die Anthroposophie kann man das. Man muß nur auf die Lebendigkeit ihrer Gedanken kommen. Diese Lebendigkeit macht, daß sie auch Kraft im Willen, Wärme in Gefühl und Empfindung erzeugen können. Es liegt durchaus an dem Menschen, ob er die Anthroposophie bloß *vorstellt*, oder ob er sie *erlebt*.

Und es wird an den tätig auftretenden Mitgliedern der Gesellschaft liegen, ob durch die Art, wie sie Anthroposophie entwickeln, nur *Gedanken* angeregt werden können, oder ob *Leben* entzündet wird.

2. März 1924

An die Mitglieder!

VII.

Die Arbeit in der Gesellschaft

In meinen Vorträgen für die Anthroposophische Gesellschaft, die ich gegenwärtig am Goetheanum halte, suche ich die Grundfragen des menschlichen Seelenlebens zur Darstellung zu bringen. In den fünf «Leitsätzen», die bisher in diesem Mitteilungsblatte enthalten waren, ist der Gesichtspunkt gekennzeichnet, von dem aus die Darstellung gegeben wird. Ich wollte der Grundforderung eines anthroposophischen Vortrages entsprechen. Der Zuhörer soll die Empfindung haben, daß Anthroposophie von dem spricht, was er bei voller Selbstbesinnung als ureigene Angelegenheit seiner Seele empfindet. Kann man für eine solche Darstellung die rechte Art finden, dann wird sich unter den Mitgliedern das Bewußtsein entwickeln: *In der Anthroposophischen Gesellschaft wird der Mensch wirklich verstanden.*

Man trifft damit auf dasjenige, was für die Menschen, die Mitglieder werden, der treibende Impuls ist. Sie wollen eine Stätte finden, an der Menschenverständnis seine rechte Pflege findet.

Man ist eigentlich schon auf dem Wege zur Anerkennung des Geisteswesens der Welt, wenn man ernstlich Menschenverständnis sucht. Denn man wird in diesem Suchen gewahr, daß die Naturerkenntnis in bezug auf den Menschen keine Aufschlüsse gibt, sondern nur Fragen erzeugt.

In den anthroposophischen Darstellungen kommt nur Verwirrung zustande, wenn man die Seele von der Liebe zur Natur hinwegführen will. Nicht in der Geringschätzung dessen, was die Natur den Menschen offenbart, kann der Ausgangspunkt der anthroposophischen Betrachtung liegen. Naturverachtung, Abkehr von der Wahrheit, die in den Erscheinungen des Lebens und der Welt dem Menschen entgegenstrahlt, von der Schönheit, die in diesen Erscheinungen waltet, von den Aufgaben, die sie dem Menschenstreben stellen, kann nur zu einem Zerrbilde vom Geisteswesen führen.

Ein solches Zerrbild wird immer einen persönlichen Charakter haben. Es wird, auch wenn es nicht bloß aus Träumen gewoben ist, doch wie das Träumen erlebt werden. Wenn der Mensch im wachen Dasein mit Menschen lebt, dann muß sein Streben auf Verständigung über *Gemeinsames* ausgehen. Was der eine behauptet, muß Bedeutung für den andern haben; was der eine erarbeitet, muß für den andern einen gewissen Wert haben. Die Menschen, die miteinander leben, müssen das Gefühl haben, daß sie in einer gemeinsamen Welt sind. Wenn der Mensch in seinen Träumen webt, dann löst er sich aus dieser gemeinsamen Welt heraus. Ein anderer Mensch in seiner unmittelbaren Nähe kann ganz andere Träume haben. Im Wachen haben die Menschen eine gemeinsame Welt; im Träumen hat ein jeder seine eigene.

Anthroposophie sollte nicht aus dem Wachen in das Träumen, sondern in ein stärkeres Erwachen hineinführen. Im alltäglichen Leben ist zwar Gemeinsamkeit vorhanden; aber diese wird doch in engen Grenzen erlebt. Man ist da in ein Stück Dasein hineingebannt; man trägt die Sehnsucht nach dem *vollen* Leben nur im Herzen. Man fühlt, die Gemeinsamkeit des menschlichen Erlebens geht weiter als der Umkreis des alltäglichen Lebens. Und wie man von der Erde weg zur Sonne blicken muß, wenn man die allem Irdischen gemeinsame Quelle des Lichtes gewahr werden will, so muß man von der Sinnenwelt hinweg zum Geistes-Inhalt sich wenden, wenn man finden will, was aus dem echt Menschlichen heraus die Seele zur befriedigenden Menschengemeinschaft, zum vollen Erleben dieser Gemeinschaft führen kann.

Da ist es denn leicht möglich, daß man sich vom Leben abwendet, statt in einem intensiveren Maße in dasselbe einzutreten.

Und dieser Gefahr unterliegt der Naturverächter. Er wird in die Einsamkeit der Seele hineingetrieben, für die das natürliche Träumen ein Vorbild ist. Für menschliche Wahrheit, die zugleich Weltwahrheit ist, entwickelt man am besten den Sinn, wenn man diesen heranerzieht an derjenigen Wahrheit, die aus der Natur der Menschenseele entgegenleuchtet. Wer aber *Naturwahrheit* mit offenem, freiem Sinn in sich erlebt, der wird durch sie zur Geisteswahrheit hingeführt. Wer sich von der *Schönheit, Größe* und *Erhabenheit* der Natur durchdringt, in dem werden diese zur Quelle der Geistempfindung. Und wer sein Herz der stummen Naturgebärde öffnet, die jenseits von Gut und Böse in ewiger Unschuld sich offenbart, dem erschließt sich der Blick für die geistige Welt, die in die stumme Gebärde das lebendige Wort tönen läßt, das den Unterschied von Gut und Böse offenbart.

Geistanschauung, die durch die Liebe zur Naturanschauung hindurchgegangen ist, bereichert das Leben um die wahren Schätze der Seele; Geistesträumen, das im Widerspruch mit der Naturanschauung sich entwickelt, verarmt das Menschenherz.

Wer Anthroposophie im tiefsten Wesen durchdringt, wird, was in diesen Sätzen angedeutet ist, als den Gesichtspunkt empfinden, von dem in den anthroposophischen Darstellungen ausgegangen werden muß. Man wird durch solche Ausgangspunkte dasjenige berühren, von dem ein jedes Mitglied der Anthroposophischen Gesellschaft sich sagt: darin liegt, was den wahren Grund meines Eintrittes in die Gesellschaft gebildet hat.

Bei den Mitgliedern, die in der Gesellschaft tätig sein wollen, wird es nicht genügen, daß sie von dem hier Angedeuteten theoretisch überzeugt sind. Es wird das rechte Leben in ihre Überzeugung erst kommen, wenn sie ein warmes Interesse für alles entfalten, was in der Gesellschaft vorgeht. Durch das Erfahren dessen, was von den Persönlichkeiten, die in der Gesellschaft sind, erdacht und erlebt wird, werden sie die Wärme empfangen, die sie für ihre Arbeit in der Gesellschaft brauchen. Man muß viel Interesse für die andern Menschen haben, wenn man ihnen auf anthroposophische Art gegenübertreten will. Das Studium dessen, «was in der Gesellschaft vorgeht», muß die Unterlage für das Wirken in der Gesellschaft werden. Gerade diejenigen Mitglieder brauchen dieses Studium, die in der Gesellschaft tätig sein wollen.

9. März 1924

An die Mitglieder!

VIII.

Die Arbeit in der Gesellschaft

Man wird sich erinnern, daß ich in meinen öffentlichen Vorträgen, die ich im Dienste der Anthroposophischen Gesellschaft gehalten habe, nach Möglichkeit versuchte, überall einzufügen, was an entsprechenden Erkenntnissen im gegenwärtigen Zeitalter vorhanden ist. Ich tat dieses, weil Anthroposophie nicht dastehen darf wie eine willkürlich ersonnene Sektenmeinung. Sie muß zum Ausdrucke bringen, was sie in Wahrheit ist: die von unserer Zeit selbst geforderte Weltanschauung und Lebenspraxis.

Es erscheint mir ganz verfehlt, wenn der Anthroposoph *nur* abweist, was außer seinem Gebiete von dem geistigen Leben der Gegenwart hervorgebracht wird. Tut er dies sogar in einer solchen Weise, daß der Kundige sogleich bemerkt, er weist ab, was er gar nicht genügend kennt, so wird Anthroposophie niemals etwas ausrichten können.

Die in den Zweigen tätigen Mitglieder werden dies beachten müssen. Man wird aber nicht erreichen, was erstrebenswert ist, wenn man *neben* den anthroposophischen Darlegungen *auch* solche veranstaltet, die aus den verschiedensten Wissensgebieten der Gegenwart die Dinge so bringen, wie dies außerhalb der anthroposophischen Bewegung geschieht. Dadurch wird nur eine für die zuhörenden Mitglieder peinigende Kluft geschaffen zwischen dem heute üblichen Erkennen und demjenigen, von dem Anthroposophie sprechen muß.

Es ist vom Übel, wenn ein Thema aufgeworfen wird und von vorneherein der Eindruck entsteht, es werde nur die Gelegenheit ergriffen, um Kritik an irgendwelchen Gegenwarts-Vorstellungen zu üben. Es sollte erst überall sorgfältig geprüft werden, inwiefern in einer solchen Vorstellung ein gesunder Ausgangspunkt gegeben ist. Die Sache liegt zumeist so, daß in der Gegenwart überall solche bedeutsame Ausgangspunkte vorliegen. Man wird deshalb nicht mit der Kritik zurückhalten müssen. Aber man sollte nur kritisieren, was man zuerst auch in seiner Eigenart auseinandergesetzt hat.

Würde das beachtet, so könnte in der Anthroposophischen Gesellschaft etwas hinwegfallen, was in der letzten Zeit Schwierigkeiten gemacht hat. Es haben die Wissenschafter bei uns eine Wirksamkeit entwickelt, über die man nur tief befriedigt sein kann. Und doch ist in vielen Mitgliedern das Gefühl entstanden, daß diese Wissenschafter zu «wenig anthroposophisch» wirken.

Ein Seitenstück dazu ist dadurch entstanden, daß anthroposophische Haltung versucht worden ist als Lebenspraxis auf verschiedenen Gebieten auszubilden. Auch da ist in vielen Mitgliedern das Gefühl entstanden, es gehe in solchen «Unternehmungen» gar nicht anthroposophisch zu.

Die Kritik, die hier einsetzt, ist gewiß nur zum Teil berechtigt. Denn der Kritiker sieht oft nicht, wie schwierig derartige Versuche in der Gegenwart sind, und wie alles Zeit braucht, um in entsprechender Art verwirklicht zu werden.

Aber eine gesunde Grundlage hat doch die Empfindung vieler Mitglieder. Man hat als Anthroposoph zunächst die Aufgabe, durch Anthroposophie das Seelenauge zu schärfen, um dasjenige *im rechten Lichte zu sehen,* was unsere Zeitkultur hervorbringt. Denn diese hat ja das Eigentümliche, daß sie unendlich viel Fruchtbares findet, aber des Bodens ermangelt, in dem sie in richtiger Art dieses Fruchtbare einpflanzen kann. Sicherlich muß man oft gerade dann mit der herbsten Kritik schließen, wenn man sich positiv und nicht negativ zu den Zeiterscheinungen der Gegenwart stellt.

Wenn man die positive Orientierung außer acht läßt, wird man der Gefahr nicht entrinnen, zurückzuzucken vor dem Sprechen in der wirklichen anthroposophischen Art. Wie oft hört man gerade von Wissenschaftern in der Anthroposophischen Gesellschaft sagen: wir schrecken die Nicht-Anthroposophen ab, wenn wir ihnen so ohne weiteres vom Äther- oder

Astralleib reden. Aber wir bleiben unfruchtbar, wenn wir die Nicht-Anthroposophen auf ihrem Felde kritisieren und dabei uns nur derjenigen Urteile bedienen, die auch auf diesem Felde selbst wachsen können. Man *kann* von Äther- und Astralleib sprechen, wenn man sagt, warum man dieses tut.

Bestrebt man sich aber, von dem eigentlich Anthroposophischen so zu sprechen, daß man überall das von Anthroposophie geschärfte Seelenauge walten läßt, dann wird auch unter den Mitgliedern der Anthroposophischen Gesellschaft das Gefühl verschwinden, unsere Wissenschafter reden in einer Art, die nicht anthroposophisch genug ist, und die Praktiker handeln so, wie man es von Mitgliedern der Gesellschaft nicht erwarten sollte.

Man wird die Gesinnung in dieser Richtung orientieren müssen, wenn unsere Weihnachtstagung nicht eine Summe frommer Wünsche bleiben soll, sondern wenn ihre Absichten der Verwirklichung entgegengehen sollen.

16. März 1924

An die Mitglieder!

IX.

Die individuelle Gestaltung anthroposophischer Wahrheiten

Die vorangehenden Betrachtungen habe ich an die Mitglieder gerichtet in der Hoffnung, dadurch einiges dazu beizutragen, daß sie den Gegenstand von Erwägungen an den verschiedenen Orten bilden, an denen Anthroposophen sind. Es erschiene mir gut, wenn die in der Gesellschaft tätigen Mitglieder sie zum Ausgangspunkte nehmen wollten, um an sie anknüpfend die gesamte Mitgliedschaft zu einem gemeinsamen Bewußtsein von dem Wesen der Anthroposophischen Gesellschaft zu erheben.

Es ist gewiß richtig, daß in unseren Zweigversammlungen das Besprechen der anthroposophischen Weltanschauung und deren Einführung in das Leben den Hauptteil der Tätigkeit ausmachen muß. Aber es kann in so mancher Zweigversammlung doch auch ein – wenn auch noch so geringer – Teil der Zeit dazu verwendet werden, um solche Dinge zu besprechen, wie sie in diesen Betrachtungen angedeutet werden. Gerade dadurch wird manches Mitglied in rechter Art angeregt werden, auch der nicht-anthroposophischen Außenwelt gegenüber ein Repräsentant der Gesellschaft zu sein.

Über die Anthroposophische Gesellschaft wird man nicht so denken können, als ob ihr Wesen und ihre Aufgabe mit ein paar Statutenparagraphen erschöpft wären. Dadurch, daß Anthroposophie tief in das Denken, Fühlen und Wollen des Menschen Impulse bringt, wird sie auch wieder von dem Seelenleben der Menschen stark beeinflußt. Man kann ihren Inhalt in allgemeine Sätze fassen, wie man das auf den verschiedensten Gebieten des Geisteslebens tut. Allein, so notwendig dieses ist, man sollte dabei nicht stehenbleiben. Die allgemeinen Sätze werden lebensvolle Färbungen dadurch erhalten können, daß sie ein jeglicher, der sie in seinem Gemüte trägt, aus seinen eigenen Lebenserfahrungen heraus ausspricht. Und mit jeder solchen individuellen Gestaltung kann etwas Wertvolles für das Verständnis der anthroposophischen Wahrheiten gewonnen sein.

Legt man dieser Tatsache Gewicht bei, so wird man die Entdeckung machen, daß man in dem Wesen der Anthroposophischen Gesellschaft immer wieder neue Seiten gewahr wird.

Jedes in der Gesellschaft tätige Mitglied wird oft genug in der Lage sein, über dieses oder jenes gefragt zu werden. Der Fragende sucht Belehrung durch die Antworten, die er erhält; der Gefragte kann Belehrung suchen durch die Art, wie die Fragen gestellt werden. Man sollte an *dieser* Belehrung nicht unaufmerksam vorbeigehen. Man lernt vor allem an den Fragen das Leben kennen. Es tritt oft der Anlaß zutage, aus dem heraus gefragt wird. Der Gefragte sollte dankbar sein, wenn Fragende so zu ihm sprechen. Er wird durch *ihre* Hilfe imstande sein, immer besser in seinen Antworten sich verhalten zu können. Was insbesondere sich bessern wird, ist der Gefühlston, der durch die Antworten hindurchklingt. Und dieser

Gefühlston ist ein Wesentliches im Mitteilen anthroposophischer Wahrheiten. Es kommt dabei durchaus nicht bloß darauf an, *was* man sagt, sondern vor allem, *wie* man es sagt.

Anthroposophische Wahrheiten sind doch, von einem gewissen Gesichtspunkte aus, das Wichtigste, was Menschen sich mitteilen können. Solche Mitteilungen einem andern ohne tiefen innern Anteil an dem Mitgeteilten zu machen, ist eigentlich schon eine Entstellung derselben. Aber diese Anteilnahme wird dadurch vertieft, daß man bei den verschiedensten Menschen fühlt, aus welchem Lebensuntergrunde sie die Fragen stellen. Man braucht jedoch nicht zum Examinator oder seelischen Vivisektor des andern zu werden. Man kann ganz zufrieden sein mit dem, was er ganz von sich aus in sein Fragen legt. Befriedigt damit sein, auf alle Fragen nach einem zurechtgelegten Schema zu antworten, sollte kein tätiges Mitglied der Anthroposophischen Gesellschaft.

Man betont – mit Recht – oft, Anthroposophie müsse *Leben* im Menschen werden, nicht bloße Lehre bleiben. Aber Leben kann nur etwas werden, das fortdauernd vom Leben angeregt wird.

Durch die Pflege eines solchen Verhaltens in der Anthroposophie wird diese zum Antrieb der Menschenliebe. Und in diese sollte alles Wirken auf anthroposophischem Gebiete getaucht sein. Wer sich viel in der Anthroposophischen Gesellschaft umgesehen hat, der kann wissen, daß viele Persönlichkeiten in sie kommen, weil ihnen an andern Orten die Lebenswahrheiten so entgegentreten, daß sie des Grundtones der Liebe entbehren. Diesen Ton hört die Menschenseele aus dem Gesprochenen mit feiner Empfindlichkeit heraus. Und er bildet im höchsten Grade einen Vermittler des Verständnisses.

Man wird vielleicht sagen: wie soll man Liebe in eine Darstellung der Erdenentwickelung bringen? Hat man sich ein Verständnis dafür angeeignet, daß die Erd- und Weltentwickelung nur die andere Seite der Menschheitsentwickelung ist, so wird man nicht zweifeln, daß gerade für solche Wahrheiten die Liebe das Seelenvolle in ihnen bildet.

23. März 1924

An die Mitglieder!

X.

Die Darstellung anthroposophischer Wahrheiten

In der Darstellung anthroposophischer Wahrheiten wird um so mehr Leben sein können, je mehr das Dargestellte in der mannigfaltigsten Art von den verschiedensten Gesichtspunkten betrachtet auftritt. Man sollte deshalb sich nicht scheuen, als tätiges Mitglied in der Gesellschaft, denselben Gegenstand in den Zweigversammlungen immer wieder zu behandeln. Aber man wird dabei nötig haben, an ihn von den verschiedensten Seiten heranzutreten. Durch die Art, sich zu den Fragen seiner Mitmenschen so zu verhalten, wie das in meinem letzten Briefe geschildert worden ist, wird man zu einer solchen Betrachtung wie von selbst hingeführt. Man lernt dabei die *Lebendigkeit* der anthroposophischen Einsichten erst recht kennen. Man fühlt, wie jedes Gedankenbild, in das man diese Einsichten gebracht hat, ein *unvollkommenes* sein *muß*. Man empfindet, daß, was man in der Seele trägt, unermeßlich viel reicher ist als dasjenige, was man im Gedanken aussprechen kann. Wird man dies mit immer größerer Deutlichkeit gewahr, dann steigert sich in der Seele die *Ehrfurcht* vor dem geistigen Leben. Und diese Ehrfurcht muß in aller anthroposophischen Darstellung walten. Sie muß einer der Grundtöne sein, welche diese Darstellung durchziehen. Wo diese Ehrfurcht fehlt, da ist in dem Besprechen anthroposophischer Wahrheiten keine Kraft.

Man sollte diese Kraft nicht auf eine äußerliche Art in das Sprechen über Anthroposophie bringen wollen. Man sollte ihre Entwickelung dem lebendigen Gefühl überlassen, in dem man zu den Wahrheiten dadurch steht, daß man das Bewußtsein hat, man nähert sich mit ihrem Ergreifen in der Seele der wirklichen geistigen Welt. – Das gibt der Seele eine gewisse Stimmung. Sie fühlt sich für Augenblicke ganz hingegeben an die Gedanken von der geistigen Welt. In dieser Hingabe stellt sich die Ehrfurcht vor dem Geistigen auf ganz selbstverständliche Art ein.

In der Entwickelung einer solchen Stimmung liegt der Anfang aller wahren Meditation. Wer eine solche Stimmung der Seele nicht lieben kann, der wird vergeblich die Regeln anwenden für die Erlangung von Erkenntnissen einer «geistigen Welt». Denn in dieser Stimmung wird das Geistige, das in den Tiefen der Menschenseele liegt, vor das Bewußtsein gerufen. Der Mensch vereinigt sich dadurch mit seiner eigenen Geisthaftigkeit. Und nur in dieser Vereinigung kann er das Geistige in der Welt finden. Nur der Geist im Menschen kann an den Geist der Welt herantreten.

Nun werden die tätigen Mitglieder der Gesellschaft, bei denen andere Rat suchen, durch das Erwerben dieser Stimmungsmomente ihre Wahrnehmungsfähigkeit für dasjenige steigern, was der andere eigentlich will. Es wird dem Menschen oft schwer, sich über das deutlich auszusprechen, was seine Seele am allertiefsten bewegt. Deshalb wird der Gefragte nur allzuleicht an dem eigentlichen Bedürfnisse des Fragenden vorbeihören. Dann stellt sich bei diesem das berechtigte Gefühl ein, daß er über das Gewollte doch keine Antwort erhalten habe. Steht aber der Gefragte vor dem Fragenden in einer Seelenverfassung, die errungen ist durch innere Stimmungen von der beschriebenen Art, dann wird er dem Fragenden die Zunge lösen können. Dieser wird jenes wahre, intime Vertrauen zu dem Gefragten entwickeln, das der Mitteilung anthroposophischer Wahrheiten rechtes Leben gibt. Es wird sich in diese Mitteilung etwas hineinversetzen, das den, der die Antwort erhalten hat, von dieser aus dann selbständig seinen Weg in dem Verfolgen seiner geistigen Bedürfnisse gehen läßt. Er wird vielleicht das Gefühl haben, wenn auch die Antwort nicht alles enthalten hat, was er suchte, so werde er jetzt imstande sein, sich weiter zu helfen. Ein inneres Kraftgefühl wird sich in der Seele statt eines vorher vorhandenen Ohnmachtsgefühles einstellen. Und dieses Kraftgefühl hat der Fragende in Wahrheit gesucht.

Man sollte nicht glauben, daß man ohne Gedanken, in

bloßen Gefühlen die Antworten auf brennende Seelenfragen finden kann. Aber ein Gedanke, der sich in kalter Abgeschlossenheit gegenüber den Gefühlen entwickelt, findet nicht den Weg zu dem menschlichen Herzen. Man soll jedoch auch nicht die Furcht davor haben, daß das Gefühl der Objektivität des Gedankens schaden müsse. Das wird nur der Fall sein, wenn es *nicht* durch die beschriebene Stimmung den Weg zu der Geisthaftigkeit des Menschen gefunden hat.

14, 15 u 16.

30. März 1924

An die Mitglieder!

Vom anthroposophischen Lehren

Die Anregung, sich mit Anthroposophie zu beschäftigen, wird in den meisten Fällen davon herkommen, daß dem Menschen der Blick in die außermenschliche Welt zu einem Quell der Unbefriedigung wird, und er dadurch veranlaßt wird, die Betrachtung auf das eigene Menschenwesen zu lenken. Er ahnt, daß die Rätsel, welche das Leben aufgibt, nicht durch Hinausschauen in das Weltgetriebe, sondern durch Hineinblicken in das menschliche Innensein zur Aufhellung kommen. Das Streben nach Welterkenntnis verwandelt sich ihm in dasjenige nach Selbsterkenntnis.

Die in der Anthroposophischen Gesellschaft tätig sein wollenden Mitglieder werden auf dieses zu achten haben. Dann werden sie auf der einen Seite ihre Aufgabe in der rechten Art empfinden lernen. Sie werden aber auch die Gefahren erkennen lernen, die mit dieser Aufgabe verbunden sind.

Streben nach Selbsterkenntnis treibt nur allzu oft, wenn sie irregeleitet ist, zu einer besonderen Form des Egoismus. Der Mensch kann sich selbst zu wichtig nehmen und dadurch das Interesse für alles verlieren, was sich außer ihm abspielt. *Jedes* rechte Streben kann eben, wenn es in Einseitigkeit verfällt, in die Irre gehen.

Man kommt überhaupt zu keiner Weltanschauung, wenn man diese nicht durch eine Menschen-Anschauung sucht. Denn die uralte Wahrheit, daß der Mensch ein Mikrokosmos, eine wahre «kleine Welt» ist, wird sich immer auch als die allerneueste erweisen. Der Mensch birgt in seinem eigenen Wesen alle Rätsel und Geheimnisse der «großen Welt», des Makrokosmos.

Erfaßt man dieses in rechter Art, so wird jeder Blick in das Menschen-Innere die Aufmerksamkeit auf die außermenschliche Welt lenken. Und Selbsterkenntnis wird das Tor zur Welterkenntnis werden. Erfaßt man es in irriger Art, so wird man sich mit der Selbstbetrachtung in das eigene Wesen einsperren und die Anteilnahme für die Welt verlieren.

Das letztere darf durch die Anthroposophie nicht geschehen. Sonst wird die Klage nicht verstummen, die man von vielen in die Anthroposophische Gesellschaft Neu-Eintretenden hören kann: ach, wie egoistisch denken doch die Anthroposophen.

Wer sich selbst kennen lernen will, der sollte durch das, was er in dieser Selbsterkenntnis erwirbt, den Blick schärfen können zunächst dafür, wie alles, was an ihm ist, ihm auch in dem andern Menschen entgegentritt. Man empfindet, was der Mitmensch erlebt, wenn man ein ähnliches in sich selbst erlebt hat. Solange dieses Selbst-Erleben fehlt, geht man an dem Erleben des andern vorüber, ohne es in der richtigen Weise zu sehen. Aber es kann das Fühlen auch durch das eigene Erleben so gefesselt werden, daß es für den andern nichts mehr übrig behält.

Die in der Gesellschaft tätigen Mitglieder werden ihr Wirken nach dieser Richtung zu einem förderlichen machen, wenn sie nur acht geben wollen auf die Gefahren, die da lauern. Sie werden dann verhindern, daß Selbsterkenntnis in Selbstliebe ausartet. Sie werden vielmehr ihrem Wirken den Ton verleihen, der die Selbst-Erkenntnis in die Menschen-Liebe hinüberleitet. Und wer Interesse für den andern Menschen entwickelt, der wird es auch an Interesse für die Welt im allgemeinen nicht fehlen lassen.

Ich habe Freunden, die von mir zu irgendeiner Gelegenheit einen Gedenkspruch forderten, oft den folgenden gegeben:

Willst du das eigene Wesen erkennen,
Sieh dich in der Welt nach allen Seiten um.
Willst du die Welt wahrhaft durchschauen,
Blick in die Tiefen der eignen Seele.

In der Orientierung, welche dieser Spruch gibt, muß der Vortrag anthroposophischer Erkenntnisse sich halten. Dann wird vermieden werden, daß durch das Besprechen des menschlichen Innenwesens das egoistische Sich-Hineinspinnen in das eigene Wesen zu stark angefacht wird.

Es wirkt in der Tat abstoßend, wenn der Neu-Eintretende an den Anthroposophen nur bemerken kann, wie sich diese nur mit sich selbst beschäftigen wollen. Man wird gewahr, wie Menschen, die eine Zeitlang Mitglieder der Anthroposophischen Gesellschaft gewesen sind, bei jeder Gelegenheit darüber jammern, daß ihnen das Leben keine Zeit läßt, sich in die Anthroposophie recht zu vertiefen. Besonders häufig findet man das bei solchen Menschen, die ihr Tätigkeitsfeld innerhalb der anthroposophischen Bewegung selbst gefunden haben. Ihnen wird leicht die Arbeit zuviel, weil sie meinen, sie werden durch sie von der Meditation, von dem Lesen anthroposophischer Schriften und so weiter abgehalten. Aber durch die Liebe zur anthroposophischen Erkenntnis darf nicht die freudige Hingabe an die Notwendigkeiten des Lebens gestört werden. Ist das der Fall, so wird die Beschäftigung mit der Anthroposophie auch nicht die rechte Wärme haben können; sie wird zum kalten Egoismus ausarten.

Sich stark mit *dieser* Erkenntnis zu durchdringen, wird eine Aufgabe für die in der Gesellschaft tätig sein wollenden Mitglieder sein müssen. Dann werden sie den Ton für ihr Wirken finden können, der Gefahren aus dem Felde schlägt, die sich leicht einstellen können.

17, 18, 19.

6. April 1924

An die Mitglieder!

Über die Gestaltung der Zweigabende

Es wird seit einiger Zeit innerhalb der Mitgliedschaft viel darüber verhandelt, ob in den Zweigversammlungen es Regel sein soll, die vorhandene anthroposophische Literatur durch Vorlesen und Besprechen zur allgemeinen Kenntnis innerhalb der Anthroposophischen Gesellschaft zu bringen, oder ob der freie Vortrag über dasjenige, was einzelne tätig sein wollende Mitglieder zu sagen haben, zu bevorzugen sei.

Wer sich auf die Bedingungen der anthroposophischen Arbeit besinnt, dem sollte ohne weiteres klar sein, daß nicht einseitig die eine oder die andere dieser Tätigkeitsrichtungen, sondern nach den vorhandenen Möglichkeiten beide gepflegt werden müssen. In der anthroposophischen Literatur liegt dasjenige vor, was die Menschen in die Gesellschaft hereinführt. Sie ist dazu bestimmt, die Grundlage im Wirken der Gesellschaft zu bilden. Sie wird, wenn sie durch die Zweigversammlungen zur Kenntnis der Mitglieder gebracht wird, den einheitlichen Zug bilden, den wir brauchen, wenn unsere Gesellschaft einen rechten Inhalt haben soll.

Man sollte nicht den Einwand machen: was gedruckt ist, kann ich ja zu Hause selber lesen; das braucht mir in den Zweigversammlungen nicht vorgeführt zu werden. Es ist in diesem Mitteilungsblatte schon auf das Irrtümliche dieser Meinung hingewiesen worden. Man sollte einen Sinn darinnen sehen, mit den in der Gesellschaft vereinigten Persönlichkeiten *zusammen* das anthroposophische Geistesgut an sich herankommen zu lassen. In diesem Gefühl, zusammen zu sein, und im Zusammensein das Geistige aufzunehmen, sollte man nicht ein Wesenloses sehen.

Auch ist es nötig, daß die tätig sein wollenden Mitglieder ein Interesse daran haben, die vorhandene Literatur allmählich wirklich zum geistigen Eigentum der Mitgliederschaft zu machen. Es geht nicht an, daß viele Mitglieder, die jahrelang in der Gesellschaft sind, in den Zweigversammlungen nichts zu hören bekommen über Dinge, von denen bestimmte Erkenntnisse in der vorhandenen Literatur vorliegen.

Auf der andern Seite ist zu sagen: es würde das Leben in der Gesellschaft ernsten Schaden leiden, wenn nicht möglichst viele tätige Mitglieder innerhalb derselben vorbringen würden, was sie aus Eigenem heraus zu sagen haben. Man kann doch dieses Tätigkeitsfeld ganz gut mit dem andern in harmonischen Einklang bringen. Man sollte doch bedenken, daß Anthroposophie nur das werden kann, was sie werden soll, wenn immer mehr Menschen an ihrer Ausbildung teilnehmen. Es sollte Freude darüber, nicht Ablehnung herrschen, wenn tätige Mitglieder in den Zweigversammlungen das zur Kenntnis bringen, was sie sich erarbeitet haben.

Wenn nun oft gesagt wird: das, was von mancher Persönlichkeit vorgebracht wird, sei nicht Anthroposophie, so kann ein solcher Ausspruch gewiß in einzelnen Fällen seine Berechtigung haben. Aber wohin kämen wir, wenn wir uns gegen die Wahrheit versündigten, daß in der Anthroposophischen Gesellschaft *alles* leben sollte, was zum Geistesgute der Menschheit gehört. Das eine wird aus dem Grunde vorgebracht werden sollen, weil es die Grundlage zum Aufbau anthroposophischer Darstellung bilden kann. Das andere wird mitzuteilen sein, weil es von anthroposophischen Gesichtspunkten nachher zu beleuchten ist. Wenn nur der anthroposophische Grundcharakter in dem Wirken der Gesellschaft gewahrt wird, so sollte dem, was die einzelnen tätigen Mitglieder bringen, nicht in engherziger Art eine Grenze gezogen werden.

Nicht in dem Ausschließen des einen oder des andern sollte gesucht werden, was die Zweigversammlungen tun sollen, sondern in der harmonischen Vereinigung der Pflege der vorhandenen Literatur und dem Vorbringen dessen, was die einzelnen tätigen Mitglieder von sich aus zu sagen haben.

Durch Mannigfaltigkeit, nicht durch Einförmigkeit des Wirkens werden wir die Ziele der Anthroposophischen Gesellschaft erreichen. Wir haben innerhalb der Gesellschaft soviele Mitglieder, die aus Eigenem zu geben haben, daß wir über diese Tatsache herzlich froh sein können. Wir sollten uns nach dieser Richtung angewöhnen können, Anerkennung solchen Mitgliedern entgegenzubringen. Nur wenn die Leistungen innerhalb der Gesellschaft recht gewürdigt werden, kann wahres Leben in ihr sein. Engherzige Ablehnung sollte unter den Untugenden innerhalb der Anthroposophischen Gesellschaft die allerseltenste sein. Man sollte vielmehr einen Enthusiasmus dafür entwickeln, möglichst viel von dem kennen zu lernen, was der eine oder der andere in der Gemeinschaft der Anthroposophen zu sagen hat.

18. Mai 1924

An die Mitglieder!

Die Bildnatur des Menschen

Es kommt viel darauf an, daß durch die Anthroposophie begriffen werde, wie die Vorstellungen, die der Mensch im Anblicke der äußeren Natur gewinnt, vor der Menschenbetrachtung Halt machen müssen. Gegen diese Forderung sündigt die Denkungsart, die durch die geistige Entwickelung der letzten Jahrhunderte in die Menschengemüter eingezogen ist. Durch sie gewöhnt man sich, Naturgesetze zu denken; und durch diese Naturgesetze erklärt man sich die Naturerscheinungen, die man mit den Sinnen wahrnimmt. Man sieht nun nach dem menschlichen Organismus hin und betrachtet auch diesen so, wie wenn seine Einrichtung begriffen werden könnte, wenn man die Naturgesetze auf ihn anwendet.

Das ist nun gerade so, als ob man das Bild, das ein Maler geschaffen hat, betrachtete nach der Substanz der Farben, nach der Kraft, mit der die Farben an der Leinwand haften, nach der Art, wie sich diese Farben auf die Leinwand streichen lassen, und nach ähnlichen Gesichtspunkten. Aber mit alledem trifft man nicht, was sich in dem Bilde offenbart. In dieser Offenbarung, die durch das Bild da ist, leben ganz andere Gesetzmäßigkeiten als diejenigen, die aus den angegebenen Gesichtspunkten gewonnen werden können.

Es kommt nun darauf an, sich darüber klar zu werden, daß sich auch in der menschlichen Wesenheit etwas offenbart, das von den Gesichtspunkten, von denen aus die Gesetze der äußeren Natur gewonnen werden, nicht zu ergreifen ist. Hat man diese Vorstellung in der rechten Art sich zu eigen gemacht, dann wird man in der Lage sein, den Menschen *als Bild* zu begreifen. Ein Mineral ist in diesem Sinne nicht Bild. Es offenbart nur dasjenige, was unmittelbar die Sinne wahrnehmen können.

Beim Bilde richtet sich die Anschauung gewissermaßen durch das sinnlich Angeschaute *hindurch* auf einen Inhalt, der im Geiste erfaßt wird. Und so ist es auch bei der Betrachtung des Menschenwesens. Erfaßt man dieses in rechter Art mit den Naturgesetzen, so fühlt man sich im Vorstellen dieser Naturgesetze nicht dem wirklichen Menschen nahe, sondern nur demjenigen, durch das sich dieser wirkliche Mensch offenbart.

Man muß es im Geiste erleben, daß man mit den Naturgesetzen so vor dem Menschen steht, wie man vor einem Bilde stünde, wenn man nur wüßte, da ist Blau, da ist Rot, und man nicht imstande wäre, in einer inneren Seelentätigkeit das Blau und Rot auf etwas zu beziehen, das sich durch diese Farben offenbart.

Man muß eben eine andere Empfindung haben, wenn man mit den Naturgesetzen einem Mineralischen, und eine andere, wenn man dem Menschen gegenübersteht. Beim Mineralischen ist es für die geistige Auffassung so, als wenn man das Wahrgenommene unmittelbar ertastete; beim Menschen ist es so, als ob man ihm mit den Naturgesetzen so ferne stünde, wie man einem Bilde ferne steht, das man nicht mit Seelenaugen anblickt, sondern nur betastet.

Hat man erst in der Anschauung des Menschen begriffen,

daß dieser *Bild* von etwas ist, dann wird man in der rechten Seelenstimmung auch zu dem fortschreiten, was sich in diesem Bilde darstellt.

Und im Menschen offenbart sich die Bildnatur nicht auf eine eindeutige Weise. Ein Sinnesorgan ist in seinem Wesen am wenigsten Bild, am meisten eine Art Offenbarung seiner selbst wie das Mineral. Man kann gerade an die Sinnesorgane mit den Naturgesetzen am nächsten heran. Man betrachte nur die wundervolle Einrichtung des menschlichen Auges. Man erfaßt durch Naturgesetze *annähernd* diese Einrichtung. Und bei den andern Sinnesorganen ist es ähnlich, wenn auch die Sache nicht so offen zutage tritt wie beim Auge. Es kommt dies daher, daß die Sinnesorgane in ihrer Bildung eine gewisse Abgeschlossenheit zeigen. Sie sind als *fertige* Bildungen dem Organismus eingegliedert, und als solche vermitteln sie die Wahrnehmungen der Außenwelt.

So aber ist es nicht mit den rhythmischen Vorgängen, die sich im Organismus abspielen. Sie stellen sich nicht als etwas Fertiges dar. In ihnen vollzieht sich ein fortwährendes Entstehen und Vergehen des Organismus. Wären die Sinnesorgane so wie das rhythmische System, so würde der Mensch die Außenwelt in der Art wahrnehmen, daß diese in einem fortwährenden Werden sich befände.

Die Sinnesorgane stellen sich dar wie ein Bild, das an der Wand hängt. Das rhythmische System steht vor uns wie das Geschehen, das sich entfaltet, wenn Leinwand und Maler im Entstehen des Bildes von uns betrachtet werden. Das Bild ist noch nicht da; aber es ist immer mehr da. In dieser Betrachtung hat man es nur mit einem *Entstehen* zu tun. Was entstanden ist, bleibt zunächst bestehen. In der Betrachtung des menschlichen rhythmischen Systems schließt sich das Vergehen, der Abbau, sogleich an das Entstehen, an den Aufbau an. Im rhythmischen System offenbart sich ein *werdendes* Bild.

Die Tätigkeit, welche die Seele verrichtet, indem sie sich einem ihr Gegenüberstehenden wahrnehmend hingibt, das fertiges Bild ist, kann als *Imagination* bezeichnet werden. Das

Erleben, das entfaltet werden muß, um ein werdendes Bild zu erfassen, ist dem gegenüber *Inspiration.*

Noch anders liegt die Sache, wenn man das Stoffwechsel- und das Bewegungssystem des menschlichen Organismus betrachtet. Da ist es, als ob man vor der noch ganz leeren Leinwand, den Farbentöpfen und dem noch nicht malenden Künstler stünde. Will man dem Stoffwechsel- und dem Gliedmaßensystem gegenüber zum Begreifen kommen, so muß man ein Wahrnehmen entwickeln, das mit dem Wahrnehmen dessen, was die Sinne erfassen, nicht mehr zu tun hat als der Anblick von Farbentöpfen, leerer Leinwand und Maler mit dem, was später als Bild des Malers vor unsere Augen tritt. Und die Tätigkeit, in der die Seele rein geistig den Menschen aus dem Stoffwechsel und aus seinen Bewegungen heraus erlebt, ist so, wie wenn man im Anblicke vom Maler, leerer Leinwand und Farbentöpfen das später gemalte Bild erlebte. Dem Stoffwechsel- und Gliedmaßensystem gegenüber muß in der Seele die *Intuition* walten, wenn es zum Begreifen kommen soll.

Es ist nötig, daß die tätig wirkenden Mitglieder der Anthroposophischen Gesellschaft in solcher Art auf die Wesenheit hindeuten, die dem anthroposophischen Betrachten zugrunde liegt. Denn nicht nur soll eingesehen werden, was durch Anthroposophie an Erkenntnisinhalt gewonnen wird, sondern auch, wie man zum Erleben dieses Erkenntnisinhaltes gelangt.

25. Mai 1924

An die Mitglieder!

Etwas von der Stimmung, die in den Zweigversammlungen sein sollte

Die Betrachtungsart gegenüber dem Menschen, von der das letzte Mal hier gesprochen worden ist, führt zu einer sachgemäßen Anerkennung von der Wirksamkeit des Geistig-

Seelischen in der physischen und ätherischen Menschenwesenheit. Hat man begriffen, daß das sinnenfällig Anschauliche am Menschen *Bild* ist, so erfaßt man auch leicht, daß in dem Bilde anderes wirkt als dasjenige, was in ihm an Stoffartigem enthalten ist. Man wird sich aber auch mit einer ganz anderen Seelen-Einstellung dem gegenüber verhalten, dessen Bildwesenheit man anerkennt, als einem solchen gegenüber, das man nur in seiner eigenen stoffartigen Beschaffenheit ins Auge faßt.

Und in dieser anderen Seelen-Einstellung liegt etwas Aufweckendes. Empfindet man ganz lebhaft, wie man sich in einer solchen Einstellung innerlich verhält, wie man gestimmt ist, so fühlt man das Aufwachen von Seelenkräften, die im gewöhnlichen Leben schlummern. Und darauf kommt viel an, daß derjenige, der Anthroposophie aufnimmt, an diesem Aufnehmen schon empfindet: in der Menschenseele schlummern noch andere Erkenntniskräfte, als die sind, die er vor seinem Herantreten an die Anthroposophie anerkannt hat.

Weiß man, man hat ein Bild vor sich, so stellt man das Erkennen auf das Nicht-Sinnenfällige ein. Man wird dadurch von diesem Nicht-Sinnenfälligen ergriffen, wie man im Wahrnehmungsleben von dem Sinnenfälligen ergriffen wird.

Wenn die vortragend tätigen Mitglieder der Anthroposophischen Gesellschaft in den Zweigversammlungen die Aufmerksamkeit für solche Dinge wachrufen, so wird dadurch zu dem anthroposophischen Lehren anthroposophische *Stimmung* kommen.

Und diese *sachgemäß* hervorgerufene Stimmung wird erst den Zweigversammlungen den Geist geben, der in ihnen walten soll. Der Teilnehmer wird dann fühlen, daß Anthroposophie nicht bloß eine theoretische Mitteilung über das Geistige enthält, sondern daß sie ein in sich Kraftvolles, Wesenhaftes ist, das zum *Erleben* des Geistigen hinüberführt.

In jeder sachgemäßen Art sollte von den tätigen Mitgliedern bedacht werden, wie dieses Erleben des Geistigen in der anthroposophischen Arbeit erreicht werden kann.

Denn nur auf diese Art kann in denen, die Anthroposophie aufnehmen, ohne selbst im Geistigen forschen zu können, das Gefühl überwunden werden, daß sie nur theoretisch sich mitteilen lassen, was andere, die es zum Forschen gebracht haben, erleben. In der *rechten* Mitteilung des im Geiste Erlebten liegt ein Mit-Erleben-Lassen des Mitgeteilten.

Herrscht dieser Geist des Mit-Erleben-Lassens in den Zweigversammlungen, so vertreibt er alles auf unberechtigtes Autoritätsgefühl gebaute Wesen. Die Gegner der Anthroposophie wenden gegen diese fortwährend ein, daß sich die Anthroposophen zu dem, was ihnen mitgeteilt wird, nur auf dieses Autoritätsgefühl hin bekennen. Wenn in der Gesellschaft Anthroposophie im rechten Geiste getrieben wird, so verliert diese Einwendung jeden Sinn. Denn die Teilnehmer an unsern Versammlungen fühlen dann gar nicht so, daß sie sagen können, sie erkennen dieses oder jenes an, weil dieser oder jener es gesagt hat; denn sie *lernen wissen,* daß in dem eigenen Innern die Zustimmung nicht erzwungen wird, sondern daß sich diese im selbstverständlichen Erleben einstellt.

Man erlebt doch auch, wenn man einem gutgesinnten Menschen gegenübertritt, dessen innere Gütigkeit nicht deshalb, weil eine Autorität dazu anleitet, die Gütigkeit als wohltuend zu empfinden, sondern weil sich die Seele unmittelbar von der gütigen Art wohltuend berührt fühlt. So kann man die Wahrheit der Anthroposophie an der Art ihres Mitteilens, an ihrem eigenen Wesen gewahr werden.

Daß die Anthroposophie so wirken *kann,* dazu sollten die Zweigleiter das Notwendige tun. Nicht durch die Hervorrufung des Gefühles: da werden Dinge vorgebracht, die geheimnisvoll sind, soll der esoterische Charakter der anthroposophischen Versammlungen bedingt sein. Esoterik beruht auf dem charakterisierten Verinnerlichen in der Mitteilung von Wahrheiten. Man sollte in dieser Verinnerlichung etwas von dem Impuls sehen, den die Weihnachtstagung in die Anthroposophische Gesellschaft hat bringen wollen. In dem unaufhörlichen Wach-Erhalten dieser Absicht und dieses Wollens von der Weihnachtstagung her wird der Segen liegen können, den diese Tagung gehabt hat und den sie weiter wird über die anthroposophische Bewegung ausgießen können.

41, 42, 43

1. Juni 1924

An die Mitglieder!

Noch etwas von der den Zweigversammlungen notwendigen Stimmung

Anthroposophische Betrachtungen sollten nicht zu einer Unterschätzung des äußeren Lebens führen. Es wird ja bei vielen Menschen so sein, daß entweder schwere Schicksalsschläge oder die Wahrnehmung der Widersprüche im äußeren Leben diejenige Vertiefung des Empfindens hervorruft, welche sich in dem Hinneigen zu einer geistgemäßen Auffassung des Daseins ausdrückt.

Aber wie die physische Wesenheit des Menschen des Schlafes bedarf, um im Wachen tüchtig zu sein, so hat ein richtiges Drinnenstehen in der geistigen Welt den Sinn für das physische Erleben nötig, um Festigkeit und Sicherheit der Seele zu entwickeln. – Denn die Erfüllung des menschlichen Inneren mit Erkenntnissen vom Geistigen ist ein Aufwachen aus dem Leben in der sinnenfälligen Wirklichkeit und aus den Impulsen, die der Wille aus dieser Wirklichkeit schöpfen kann.

Deshalb sollten die in der Anthroposophischen Gesellschaft tätig wirkenden Mitglieder stets darauf bedacht sein, daß solchen Persönlichkeiten, die aus einer Unterschätzung des äußeren Lebens das innere zu ergreifen suchen, die Kraft dieses Inneren zwar in aller nur möglichen Stärke gegeben werde, daß aber mit diesem ihnen zugleich die Schätzung des Äußeren und die Tüchtigkeit für dieses erstehe.

Man sollte stets bedenken, daß das menschliche Erdenleben innerhalb des Gesamtdaseins des Menschen, das durch Geburten und Tode geht, eine Bedeutung hat. In diesem Erdenleben ist der Menschengeist in dem materiellen Sein verkörpert. Er ist an dieses materielle Sein hingegeben. Was er in dieser Hingebung erleben kann, das kann ihm in keiner Daseinsform zukommen, in der er als Geist im Geistigen sich selbst gegeben ist.

Das Leben im materiellen Dasein ist für den Menschen diejenige Daseinsstufe, auf der er das Geistige außerhalb von dessen Wirklichkeit *im Bilde* wahrnehmen kann. Und ein Wesen, das den Geist nicht auch im Bilde erlebt, kann kein freies, aus der eigenen Wesenheit entspringendes Hinneigen zum Geiste entfalten. Auch diejenigen Wesenheiten, die sich nicht nach Menschenart im materiellen Dasein verkörpern, machen Lebensstufen durch, in denen sie ihr eigenes Wesen an ein anderes Daseins-Element hinzugeben haben.

In dieser Hingabe liegt die Grundlage für die Entwickelung des Liebes-Impulses im Leben. Ein Wesen, das niemals in eine Entfremdung von dem eigenen Selbst eingeht, kann nicht diejenige Hinneigung zu einem andern in sich erbilden, die sich in der *Liebe* offenbart. Und das Erfassen des Geistigen durch den Menschen kann leicht in Lieblosigkeit verhärten, wenn es in Einseitigkeit mit einer Verachtung des in der äußeren Welt sich Offenbarenden sich verbindet.

Wahre Anthroposophie sucht nicht den Geist, weil sie die Natur geistlos findet und deshalb der Verachtung wert, sondern deshalb, weil sie *in der Natur* den Geist suchen will und ihn nur auf anthroposophische Art darinnen finden kann.

Wenn eine in dieser Richtung wirkende Gesinnung dasjenige durchwaltet, was in unseren Zweigversammlungen getan wird, so werden diese den Mitgliedern ein Erleben bringen, das mit den Anforderungen, die des Menschen Gesamtdasein an diesen stellt, im Einklange sich befindet. Und die Weltfremdheit, die so leicht wie eine ungesunde Atmosphäre anthroposophischer Arbeit sich ergeben kann, wird vertrieben werden.

Auch dieses gehört zu den Elementen, die die rechte Stimmung in der Arbeit unserer Gesellschaft bewirken sollen. Die

Mitglieder werden ihre Besuche in den Zweigversammlungen nicht in der wünschenswerten Art verbracht haben, wenn sich ihnen ein Abgrund auftut zwischen dem, was sie durch Anthroposophie vernehmen und dem, was sie im äußeren Leben erfahren müssen. Der Geist, der in den Zweigversammlungen waltet, muß zum Lichte werden, das fortleuchtet, wenn das Mitglied den äußeren Anforderungen des Tages hingegeben ist. Waltet *solcher* Geist nicht, so wird das Mitglied durch Anthroposophie für das Leben, das doch seine Rechte hat, nicht tüchtiger, sondern untüchtiger. Dann aber wären manche Vorwürfe, die von Außenstehenden der Anthroposophischen Gesellschaft gemacht werden, berechtigt. Und die Anthroposophische Gesellschaft würde Anthroposophie nicht fördern, sondern schädigen.

6. Juli 1924

An die Mitglieder!

Noch etwas über die Auswirkungen der Weihnachtstagung

Zu den Auswirkungen der Weihnachtstagung sollte auch gehören, daß durch die tätig sein wollenden Mitglieder immer klarer vor die Welt hingestellt würde, was Anthroposophie ihrem Wesen nach ist und nicht ist. Solange immer noch die Meinung diskutiert werden kann: Sollte man nicht das oder jenes auf anthroposophischem Boden Gewonnene da oder dort «einfließen» lassen, ohne die Leute dadurch abzuschrecken, daß man ihnen sagt, das sei Anthroposophie, solange wird innerhalb der Anthroposophischen Gesellschaft vieles nicht in Ordnung kommen.

Nun handelt es sich darum, nach dieser Richtung wirklich nach Klarheit zu streben. Es ist ein Unterschied zwischen dem sektiererischen Eintreten für irgend etwas, das man sich als dogmatische Anthroposophie zurechtgelegt hat, und dem geradsinnigen, offenen, unversteckten und unverbrämten Ein-

6

treten für dasjenige, was durch Anthroposophie an Erkenntnis über die geistige Welt so zutage tritt, daß der Mensch ein menschenwürdiges Verhältnis zu dieser Welt gewinnen kann.

In der letzteren Art restlos das Arbeiten für Anthroposophie aufzufassen, ist die Aufgabe des Vorstandes am Goetheanum; und dieser wird von den tätig sein wollenden Mitgliedern in dieser seiner besonderen Eigenart auch recht verstanden werden müssen. Durch die Weihnachtstagung soll bewirkt werden, daß Anthroposophie und Anthroposophische Gesellschaft immer mehr zusammenwachsen. Das kann nicht geschehen, wenn die Saat weiter blüht, die dadurch ausgestreut worden ist, daß man immer wieder zwischen «Rechtgläubigkeit» und «Ketzerei» innerhalb des Kreises derer unterschied, die sich in der Anthroposophischen Gesellschaft zusammengefunden haben.

Man muß vor allem wissen, was in dieser Richtung Anthroposophie als geistige Haltung möglich macht. Sie besteht nicht in einer Summe von Meinungen, welche die «Anthroposophen» *haben müssen.* Es sollte unter den Anthroposophen gar nicht das Wort aufkommen: «*Wir* glauben dies; wir weisen jenes zurück.» So etwas kann sich als die naturgemäße Folge des anthroposophischen Wirkens ergeben; als Programm darf es nirgends zur Geltung gebracht werden. Es kann nur das Urteil geben: «Anthroposophie ist da; sie ist erarbeitet worden; ich trete dafür ein, daß in der Welt das Erarbeitete bekannt werde.» Daß ein Unterschied wie zwischen Tag und Nacht zwischen den beiden hier angeführten Urteilen besteht, das wird in Anthroposophenkreisen noch viel zu wenig empfunden. Sonst könnte man nicht immer wieder sogar den grotesken Ausspruch hören: «Die Anthroposophische Gesellschaft glaubt dies oder jenes.» Ein solcher Ausspruch hat in Wirklichkeit gar keinen Inhalt. Daß man dieses empfinde, darauf kommt es an.

Wollte man etwa herumfragen, um über Anthroposophie klar zu werden: was für eine Meinung oder Lebenshaltung hat der oder jener, der in der Anthroposophischen Gesellschaft als Mitglied eingeschrieben ist, so würde man einen ganz falschen

Weg einschlagen, um zu dem Wesen der Anthroposophie zu kommen. Dennoch wirken viele tätig sein wollende Mitglieder so, daß diese Frage immer wieder auftauchen muß. Es sollte aber nur die Meinung entstehen: Da gibt es in der Welt Anthroposophie; die Anthroposophische Gesellschaft gibt Gelegenheit, sie kennen zu lernen.

Jeder, der neu in diese Gesellschaft eintritt, sollte das Gefühl haben: ich trete ein, lediglich um Anthroposophie *kennen zu lernen.* Daß solch ein Gefühl in rechter Art entstehe, kann durch die Haltung der tätig sein wollenden Mitglieder bewirkt werden. Heute aber wird vielfach etwas ganz anderes bewirkt. Die Leute haben Angst davor, der Gesellschaft beizutreten, weil sie aus der Haltung tätig sein wollender Mitglieder den Eindruck empfangen: sie müßten sich mit dem innersten Wesen ihrer Seele gewissen Dogmen verschreiben. Davor schrecken sie natürlich zurück.

Es muß der gute Wille dazu da sein, diesen Eindruck immer mehr zum Verlöschen zu bringen. Viele tätig sein wollende Mitglieder meinen, ja, wenn man die Leute bloß deshalb aufnimmt, damit sie in der Gesellschaft die Anthroposophie kennen lernen, dann treten sie eben wieder aus, wenn sie dieses Kennen-Lernen besorgt haben. Und wir haben nie eine in sich geschlossene Gesellschaft.

So kann es aber nicht kommen, wenn die Anthroposophische Gesellschaft von ihren tätig sein wollenden Mitgliedern in der rechten Art aufgefaßt wird. Es wird aber immer so kommen, wenn man die Zugehörigkeit zur Gesellschaft von dem Bekenntnis zu dem auch nur kleinsten Dogma abhängig machen will. Und ein Dogma ist auch jeglicher Programmpunkt.

Wenn aber die Mitglieder der Anthroposophischen Gesellschaft daraufhin orientiert sind, die Anthroposophie durch die Mitgliedschaft *kennen zu lernen,* dann wird es von etwas ganz anderem abhängen, ob sie drinnen bleiben oder nicht. Dann wird dies nämlich davon abhängen, ob sie Hoffnungen haben können, in der Gesellschaft immer weiter etwas kennen lernen zu können.

Das aber wieder wird darauf zurückgehen, ob der Kern der Gesellschaft wirklich *lebt* oder ob er tot ist; und ob im Umkreis der Gesellschaft die Bedingungen dazu vorhanden sind, daß der lebendige Kern nicht ersterbe, wenn er in die Gesellschaft hineinwachsen will. Daß der Kern lebendig sei, das ist die Sorge des Vorstandes am Goetheanum. Der verwaltet nicht Dogmen; er fühlt sich nur als Träger eines Geistesgutes, dessen Wert ihm bekannt ist; und er arbeitet an der Verbreitung dieses Geistesgutes. Er ist über jeden Menschen befriedigt, der da kommt und sagt: ich will Anteil nehmen an dem, was ihr da macht. Das ergibt die lebendige Gestaltung der Anthroposophischen Gesellschaft. Und diese wird lebendig erhalten, wenn sich alle tätig sein wollenden Mitglieder der Gesinnung und Wirkensweise nach einig halten mit dem Vorstande am Goetheanum.

Alles, was man «Vertrauen» innerhalb der Gesellschaft zu nennen berechtigt ist, kann nur auf einer solchen Grundlage erwachsen. Ist diese Grundlage vorhanden, dann wird es nicht immer wieder vorkommen, daß die Anthroposophische Gesellschaft vor der Welt als etwas ganz anderes erscheint, als sie ist.

Ich kenne nun die Urteile ganz gut, die bei vielen tätig sein wollenden Mitgliedern der Gesellschaft aufkommen, wenn sie das Vorangehende lesen. Sie werden sagen: Das können wir nicht verstehen; jetzt wissen wir erst recht nicht, was da eigentlich gewollt wird. Aber gerade dies ist das schlimmste Vorurteil. Man lese nur einmal die Sache *genau;* und man wird sie nicht unbestimmt und vieldeutig finden, sondern nur so, daß, um sie in die Gesinnung aufzunehmen, ein gewisses Zartgefühl im Verstehen gehört. Aber dieses sollte doch da sein bei denjenigen, die in der Anthroposophischen Gesellschaft tätig sein wollen.

13. Juli 1924

An die Mitglieder!

Etwas vom Geist-Verstehen und Schicksals-Erleben

In die Mitteilungen und Betrachtungen, die an dieser Stelle an die Mitglieder gerichtet werden, soll diesmal einiges einfließen, das geeignet sein kann, den Gedanken über die Leitsätze eine weitere Richtung zu geben.

Das Verständnis des anthroposophischen Erkennens kann gefördert werden, wenn die menschliche Seele immer wieder auf das Verhältnis von Mensch und Welt hingelenkt wird.

Richtet der Mensch die Aufmerksamkeit auf die Welt, in die er hineingeboren wird und aus der er herausstirbt, so hat er zunächst die Fülle seiner Sinneseindrücke um sich. Er macht sich Gedanken über diese Sinnes-Eindrücke.

Indem er dieses sich zum Bewußtsein bringt: «Ich mache mir Gedanken über das, was mir meine Sinne als Welt offenbaren», kann er schon mit der Selbstbetrachtung einsetzen. Er kann sich sagen: in meinen Gedanken lebe «Ich». Die Welt gibt mir Veranlassung, in Gedanken *mich* zu erleben. Ich finde mich in meinen Gedanken, indem ich die Welt betrachte.

So fortfahrend im Nachsinnen verliert der Mensch die Welt aus dem Bewußtsein; und das Ich tritt in dieses ein. Er hört auf, die Welt vorzustellen; er fängt an, das Selbst zu erleben.

Wird umgekehrt die Aufmerksamkeit auf das Innere gerichtet, in dem die Welt sich spiegelt, so tauchen im Bewußtsein die Lebensschicksalsereignisse auf, in denen das menschliche Selbst von dem Zeitpunkte an, bis zu dem man sich zurückerinnert, dahingeflossen ist. Man erlebt das eigene Dasein in der Folge dieser Schicksals-Erlebnisse.

Indem man sich dieses zum Bewußtsein bringt: «Ich habe mit meinem Selbst ein Schicksal erlebt», kann man mit der Weltbetrachtung einsetzen. Man kann sich sagen: In meinem Schicksal war ich nicht allein; da hat die Welt in mein Erleben eingegriffen. Ich habe dieses oder jenes *gewollt;* in mein Wollen ist die Welt hereingeflutet. Ich finde die Welt in meinem Wollen, indem ich dieses Wollen selbstbetrachtend erlebe.

So fortfahrend, sich in das eigene Selbst einlebend, verliert der Mensch das Selbst aus dem Bewußtsein; die Welt tritt in dieses ein. Er hört auf, das Selbst zu erleben; er fängt an, die Welt im Erfühlen gewahr zu werden.

Ich denke hinaus in die Welt; da finde ich mich; ich versenke mich in mich selbst, da finde ich die Welt. Wenn der Mensch *dieses* stark genug empfindet, steht er in den Welt- und Menschenrätseln drinnen.

Denn fühlen: man müht sich im Denken ab, um die Welt zu ergreifen, und man steckt in diesem Denken doch nur selbst darinnen, das gibt das erste Welträtsel auf.

Vom Schicksal in seinem Selbst sich geformt fühlen und in diesem Formen das Fluten des Weltgeschehens empfinden; das drängt zum zweiten Welträtsel hin.

In dem Erleben dieses Welt- und Menschenrätsels erkeimt die Seelenverfassung, in der der Mensch der Anthroposophie so begegnen kann, daß er in seinem Innern von ihr einen Eindruck erhält, der seine Aufmerksamkeit erregt.

Denn Anthroposophie macht nun dieses geltend: Es gibt ein geistiges Erleben, das nicht im Denken die Welt verliert. Man kann auch im Denken noch *leben.* Sie gibt im Meditieren ein inneres Erleben an, in dem man nicht denkend die Sinneswelt verliert, sondern die Geistwelt gewinnt. Statt in das Ich einzudringen, in dem man die Sinnen-Welt versinken fühlt, dringt man in die Geist-Welt ein, in der man das Ich erfestigt fühlt.

Anthroposophie zeigt im weiteren: Es gibt ein Erleben des Schicksals, in dem man nicht das Selbst verliert. Man kann auch im Schicksal noch sich selbst als *wirksam erleben.* Sie gibt in dem unegoistischen Betrachten des Menschenschicksals ein Erleben an, in dem man nicht nur das eigene Dasein, sondern die Welt lieben lernt. Statt in die Welt hineinzustarren, die in Glück und Unglück das Ich auf ihren Wellen trägt, findet man das Ich, das wollend das eigene Schicksal gestaltet. Statt an die Welt zu stoßen, an der das Ich zerschellt, dringt man in das Selbst ein, das sich mit dem Weltgeschehen verbunden fühlt.

Das Schicksal des Menschen wird ihm von der Welt bereitet, die ihm seine Sinne offenbaren. Findet er die eigene Wirksamkeit in dem Schicksalswalten, so steigt ihm sein Selbst wesenhaft nicht nur aus dem eigenen Innern, sondern es steigt ihm aus der Sinneswelt auf.

Kann man auch nur leise empfinden, wie im Selbst die Welt als Geistiges erscheint und wie in der Sinneswelt das Selbst sich als wirksam erweist, so ist man schon im sicheren Verstehen der Anthroposophie darinnen.

Denn man wird dann einen Sinn dafür entwickeln, daß in der Anthroposophie die Geist-Welt beschrieben werden darf, die vom Selbst erfaßt wird. Und dieser Sinn wird auch Verständnis dafür entwickeln, daß in der Sinneswelt das Selbst auch noch anders als durch Versenken in das Innere gefunden werden kann. Anthroposophie findet das Selbst, indem sie zeigt, wie aus der Sinneswelt für den Menschen nicht nur sinnliche Wahrnehmungen sich offenbaren, sondern auch die Nachwirkungen aus seinem vorirdischen Dasein und aus den vorigen Erdenleben.

Der Mensch kann nun in die Welt der Sinne hinausblicken und sagen: da ist ja nicht nur Farbe, Ton, Wärme; da wirken auch die Erlebnisse der Seelen, die diese Seelen vor ihrem gegenwärtigen Erdendasein durchgemacht haben. Und er kann in sich hineinblicken und sagen: da ist nicht nur mein Ich, da offenbart sich eine geistige Welt.

In einem solchen Verständnisse kann der von den Welt- und Menschenrätseln berührte Mensch sich mit dem Eingeweihten zusammenfinden, der, nach seinen Einsichten, von der äußeren Sinneswelt so reden muß, als ob aus derselben nicht nur sinnliche Wahrnehmungen sich kundgäben, sondern die Eindrücke von dem, was Menschenseelen im vorirdischen Dasein und in verflossenen Erdenleben gewirkt haben; und der von der inneren Selbst-Welt aussagen muß, daß sie Geistzusammenhänge offenbart, so eindrucks- und wirkungsvoll, wie die Wahrnehmungen der Sinneswelt sind.

Bewußt sollten sich die tätig sein wollenden Mitglieder zu Vermittlern dessen machen, was die fragende Menschenseele als Welt- und Menschenrätsel fühlt, mit dem, was die Eingeweihten-Erkenntnis zu sagen hat, wenn sie aus Menschen-Schicksalen eine vergangene Welt heraufholt, und wenn sie aus seelischer Erkraftung die Wahrnehmung einer Geist-Welt erschließt.

So kann im Arbeiten der tätig sein wollenden Mitglieder die Anthroposophische Gesellschaft zu einer echten Vorschule der Eingeweihten-Schule werden. Auf dieses wollte die Weihnachtstagung kräftig hinweisen; und wer diese Tagung richtig versteht, wird mit diesem Hinweisen fortfahren, bis ein genügendes Verständnis dafür der Gesellschaft wieder neue Aufgaben bringen kann.

Aus diesen Hinweisen mögen dann die im folgenden zu gebenden Leitsätze erfließen 62, 63, 64, 65, 66, 67, 68.

10. August 1924

An die Mitglieder!

Wie die Leitsätze anzuwenden sind

In den Leitsätzen, die vom Goetheanum ausgegeben werden, soll die Anregung für die tätig sein wollenden Mitglieder gegeben sein, den Inhalt des anthroposophischen Wirkens einheitlich zu gestalten. Man wird finden, wenn man an diese Sätze jede Woche herantritt, daß sie eine Anleitung dazu geben, sich in den vorhandenen Stoff der Zyklen zu vertiefen und diesen in einer gewissen Anordnung in den Zweigversammlungen vorzubringen.

Es wäre ja gewiß wünschenswerter, wenn jede Woche sogleich die Vorträge, die in Dornach gehalten werden, in allen Richtungen an die einzelnen Zweige gebracht werden könnten. Allein man sollte auch bedenken, welch komplizierte technische Einrichtungen dazu nötig sind. Es wird gewiß von Seite des

Vorstandes am Goetheanum nach dieser Richtung alles Mögliche angestrebt und noch getan werden. Aber man muß mit den vorhandenen Möglichkeiten rechnen. Die Absichten, die auf der Weihnachtstagung geäußert worden sind, werden verwirklicht werden. Aber wir brauchen Zeit.

Vorläufig sind diejenigen Zweige im Vorteil, welche Mitglieder in sich haben, die das Goetheanum besuchen, da die Vorträge hören und deren Inhalt in den Zweigversammlungen vorbringen können. Und es sollte von den Zweigen erkannt werden, daß die Entsendung solcher Mitglieder an das Goetheanum eine Wohltat ist. Aber man sollte auch nicht die Arbeit, die in der Anthroposophischen Gesellschaft schon geleistet ist und die in den gedruckten Zyklen und Vorträgen vorliegt, allzu sehr unterschätzen. Wer diese Zyklen vornimmt, sich nach den Titeln erinnert, welcher Stoff in diesem oder jenem enthalten ist, und dann an die Leitsätze herantritt, der wird finden, daß er in dem einen Zyklus das eine und in dem anderen ein anderes findet, das den Leitsatz weiter ausführt. Aus dem Zusammenlesen dessen, was in den einzelnen Zyklen getrennt steht, können die Gesichtspunkte gefunden werden, von denen aus in Anlehnung an die Leitsätze gesprochen werden kann.

Wir wirken in der Anthroposophischen Gesellschaft wie rechte Verschwender, wenn wir die gedruckten Zyklen ganz unbenützt lassen und immer nur «das Neueste» vom Goetheanum empfangen wollen. Es ist doch auch leicht begreiflich, daß allmählich jede Möglichkeit, die Zyklen zu drucken, aufhören müßte, wenn diese nicht ausgiebig benützt würden.

Es kommt noch ein anderer Gesichtspunkt in Frage. Bei der Verbreitung des Inhaltes der Anthroposophie ist Gewissenhaftigkeit und Verantwortlichkeitsgefühl in allererster Linie notwendig. Man muß das, was über die geistige Welt gesagt wird, in eine Form bringen, daß die Bilder der geistigen Tatsachen und Wesenheiten, die gegeben werden, nicht Mißverständnissen ausgesetzt werden. Wer am Goetheanum einen Vortrag hört, kann einen unmittelbaren Eindruck haben. Wenn er dessen Inhalt wiedergibt, so kann bei ihm dieser Eindruck nachklingen, und er ist imstande, die Dinge so zu formulieren, daß sie richtig verstanden werden können. Wird aber ein Zweiter, Dritter der Vermittler, so wird die Wahrscheinlichkeit immer größer, daß sich Ungenauigkeiten einschleichen. Alle diese Dinge sollten bedacht werden.

Und ein weiterer Gesichtspunkt ist ja wohl der allerwichtigste. Es handelt sich ja nicht darum, daß der anthroposophische Inhalt nur äußerlich angehört oder gelesen werde, sondern daß er in das lebendige Seelenwesen aufgenommen werde. Im Fortdenken und Fortfühlen des Aufgenommenen liegt ein Wesentliches. Das aber soll mit Bezug auf die schon vorliegenden gedruckten Zyklen gerade durch die Leitsätze angeregt werden. Wird dieser Gesichtspunkt zu wenig berücksichtigt, so wird es fortdauernd daran fehlen, daß das Wesen der Anthroposophie durch die Anthroposophische Gesellschaft sich offenbaren könne. Man sagt nur mit scheinbarem Recht: was nützt es mir, noch soviel von geistigen Welten zu hören, wenn ich nicht selbst in solche Welten hineinschauen kann. Man berücksichtigt dabei nicht, daß dieses Hineinschauen gefördert wird, wenn über die Verarbeitung des anthroposophischen Inhaltes so gedacht wird, wie es hier angedeutet ist. Die Vorträge am Goetheanum sind so gehalten, daß ihr Inhalt lebendig und frei in den Gemütern der Zuhörer fortwirken kann. Und so ist auch der Inhalt der Zyklen. Da ist kein totes Material zur bloßen äußeren Mitteilung; da ist Stoff, der unter verschiedene Gesichtspunkte gerückt das Schauen in geistige Welten anregt. Man sollte nicht glauben: den Inhalt der Vorträge höre ich an; die Erkenntnis der geistigen Welt eigne ich mir durch Meditation an. So wird man nie im wahren Sinne weiterkommen. Beides muß in der Seele zusammenwirken. Und das Fortdenken und Fortfühlen des anthroposophischen Inhaltes ist auch Seelenübung. Man lebt sich in die geistige Welt *schauend* hinein, wenn man so, wie es hier gesagt ist, mit diesem Inhalt verfährt.

Es wird eben doch in der Anthroposophischen Gesellschaft

viel zu wenig darauf gesehen, daß Anthroposophie nicht graue Theorie, sondern wahres Leben sein soll. Wahres Leben, das ist ihr Wesen; und wird sie zur grauen Theorie *gemacht,* dann ist sie oft gar nicht eine *bessere,* sondern eine *schlechtere* Theorie als andere. Aber sie wird eben erst Theorie, wenn man sie dazu *macht,* wenn man sie tötet. *Das* wird noch viel zu wenig gesehen, daß Anthroposophie nicht nur eine andere Weltanschauung ist als andere, sondern daß sie auch *anders aufgenommen werden muß.* Man erkennt und erlebt ihr Wesen erst in dieser anderen Art des Aufnehmens.

Das Goetheanum sollte als der *notwendige* Mittelpunkt des anthroposophischen Arbeitens und Wirkens angesehen werden; aber man sollte nicht aus dem Auge verlieren, daß in den Zweigen der anthroposophische Stoff, der erarbeitet worden ist, auch zur Geltung komme. Was am Goetheanum *gewirkt* wird, das kann im vollen lebendigen Sinne die ganze Anthroposophische Gesellschaft *nach und nach* haben, wenn möglichst viele Mitglieder aus dem Leben der Zweige heraus an das Goetheanum selbst herankommen und, soviel ihnen möglich ist, an *seinem* lebendigen Wirken teilnehmen. Das alles aber muß mit Innerlichkeit gestaltet werden; mit dem äußerlichen «Mitteilen» des Inhaltes von jeder Woche geht es nicht. Der Vorstand am Goetheanum wird Zeit brauchen und bei den Mitgliedern Verständnis finden müssen. Dann *wird* er im Sinne der Weihnachtstagung wirken können.

HINWEISE

Nach der «Weihnachtstagung 1923/24» schrieb Rudolf Steiner in dem neuen Gesellschaftsorgan «Was in der Anthroposophischen Gesellschaft vorgeht – Nachrichten für deren Mitglieder» allwöchentlich bis zu seinem Tode am 30. März 1925 Briefe «An die Mitglieder», vom fünften Brief an verbunden mit Leitsätzen. Diese Leitsätze mit den dazugehörigen Aufsätzen liegen in dem Band «Anthroposophische Leitsätze» (Bibl.-Nr. 26) der Gesamtausgabe vor. Alle diejenigen Aufsätze jedoch, welche ausschließlich von der Bildung einer neuen Gesellschaftsform handeln, sowie die Aufsätze über die Freie Hochschule für Geisteswissenschaft, alle vorliegenden Mitteilungen und Ankündigungen sowie alle diesbezüglichen Vorträge, Versammlungen und Ansprachen sind in dem Band «Die Konstitution der Allgemeinen Anthroposophischen Gesellschaft und der Freien Hochschule für Geisteswissenschaft 1924/25» (Bibl.-Nr. 260a) zusammengefaßt. Die vorliegenden «Briefe an die Mitglieder» erscheinen als Einzelausgabe aus vorgenanntem Band. Sie wurden erstmals 1930 durch Marie Steiner in Buchform herausgegeben.

Zu Seite

7 *Weihnachtstagung am Goetheanum:* Siehe Rudolf Steiner «Die Weihnachtstagung zur Begründung der Allgemeinen Anthroposophischen Gesellschaft 1923/24». Bibl.-Nr. 260, GA 1963.

8 *Grundsteinlegung:* Siehe Rudolf Steiner «Die Grundsteinlegung der Allgemeinen Anthroposophischen Gesellschaft 1923/24», enthalten im Band «Die Weihnachtstagung ...» (a. a. O.); auch als Einzelausgabe erschienen, Dornach 1978.

9 *Brand des Goetheanums:* Der Doppelkuppelbau des ganz in Holz erbauten ersten Goetheanums war in der Silvesternacht 1922 durch Brand vernichtet worden.

Zehn Jahre Goetheanum: Siehe Rudolf Steiner «Das Goetheanum in seinen zehn Jahren», enthalten im Band «Der Goetheanumgedanke inmitten der Kulturkrisis der Gegenwart. Gesammelte Aufsätze aus ‹Das Goetheanum› 1921–1925», Bibl.-Nr. 36, GA 1961; auch als Einzelausgabe erschienen, Dornach 1961.

13 *Zu § 10 der Statuten:* Bei der Besprechung dieses Paragraphen während der Weihnachtstagung (vgl. «Die Weihnachtstagung zur Begründung der Allgemeinen Anthroposophischen Gesellschaft», a. a. O. Seite 147) wollte Rudolf Steiner noch den folgenden Satz einfügen:

«Eine von Zeit zu Zeit geschäftsordnungsmäßig festzusetzende Anzahl von Mitgliedern ist berechtigt, jederzeit eine außerordentliche Generalversammlung zu verlangen.»
Beim ersten Abdruck der Statuten im Nachrichtenblatt vom 13. 1. 1924 fehlt dieser Satz. Im übrigen kann jedoch nach Artikel 64 des Schweizerischen Zivilgesetzbuches in jedem Verein von Gesetzes wegen ein Fünftel der Mitglieder die Einberufung einer außerordentlichen Generalversammlung verlangen.

37 *in meinen Vorträgen ..., die ich gegenwärtig am Goetheanum halte:* Siehe Rudolf Steiner «Esoterische Betrachtungen karmischer Zusammenhänge», Reihe in sechs Bänden (Bibl.-Nrn. 235–240): Die Bände I–IV enthalten die 1924 in Dornach gehaltenen 51 Vorträge, die Bände V und VI Vorträge an anderen Orten zu diesem Thema.

41 *in meinen öffentlichen Vorträgen:* Siehe die Ausgaben in der Abteilung «Öffentliche Vorträge» innerhalb der Rudolf Steiner Gesamtausgabe.

69 *in den gedruckten Zyklen und Vorträgen:* Zahlreiche Vortragszyklen und Einzelvorträge Rudolf Steiners waren durch Marie Steiner in dem von ihr begründeten Philosophisch-Anthroposophischen (zuvor Philosophisch-Theosophischen) Verlag herausgegeben worden. Sie liegen jetzt in der Abteilung «Vorträge vor Mitgliedern der Anthroposophischen Gesellschaft» innerhalb der Rudolf Steiner Gesamtausgabe vor.

RUDOLF STEINER

DAS LEBENDIGE WESEN DER ANTHROPOSOPHIE UND SEINE PFLEGE

Schriften und Vorträge
zur Geschichte der anthroposophischen Bewegung
und der Anthroposophischen Gesellschaft

Die okkulte Bewegung im neunzehnten Jahrhundert und ihre Beziehung zur Weltkultur. Bedeutsames aus dem äußeren Geistesleben um die Mitte des neunzehnten Jahrhunderts.

Dreizehn Vorträge, gehalten in Dornach vom 10. Oktober bis 7. November 1915 (Bibliographie-Nr. 254)

Anthroposophische Gemeinschaftsbildung

Zehn Vorträge, gehalten in Stuttgart und Dornach zwischen dem 23. Januar und 4. März 1923 (Bibliographie-Nr. 257)

Die Geschichte und die Bedingungen der anthroposophischen Bewegung im Verhältnis zur Anthroposophischen Gesellschaft
Eine Anregung zur Selbstbesinnung

Acht Vorträge, gehalten in Dornach vom 10. bis 17. Juni 1923 (Bibliographie-Nr. 258)

Die Weihnachtstagung zur Begründung der Allgemeinen Anthroposophischen Gesellschaft

Grundsteinlegung, Vorträge und Ansprachen, Statutenberatung, Jahresausklang und Jahreswende 1923/1924 (Bibliographie-Nr. 260)

Die Konstitution der Allgemeinen Anthroposophischen Gesellschaft und der Freien Hochschule für Geisteswissenschaft
Der Wiederaufbau des Goetheanum

Aufsätze und Mitteilungen, Vorträge und Ansprachen von Januar 1924 bis März 1925. Mit einer Chronik der Jahre 124 und 1925 (Bibliographie-Nr. 260a)

Unsere Toten

Ansprachen, Gedenkworte und Meditationssprüche aus den Jahren 1906 bis 1924 (Bibliographie-Nr. 261)

Rudolf Steiner / Marie Steiner-von Sivers:

Briefwechsel und Dokumente 1901-1925

Mit den testamentarischen Verfügungen Rudolf Steiners und zahlreichen Faksimilewiedergaben (Bibliographie-Nr. 262)